우리는 적당히____가까워

우리는 적당히____가까워

김슬기·이오진·허선혜 청소년희곡집

일러두기

1. 이 책의 공연 저작권은 해당 작품을 쓴 작가에게 있으며, 공연과 관련한 모든 사항은 반드시 작가와 협의해야 한다.

2. 이 책은 국립국어원의 한글 맞춤법 규정을 따랐으나, 희곡이라는 장르의 특성상 십대의 표현이나 입말, 작가의 의도가 반영된 편집 등은 최대한 살리고자 했다.

차 례

단
막
극

● 이 책에 수록된 단막극 세 편은 ㈜안산문화재단이 주최한 'ASAC B성년 페스티벌' 공연 참가작으로, 2016년 10월 19일부터 11월 6일까지 안산문화예술의전당 별무리극장에서 초연했다. <후배 위하는 선배>는 전인철이 연출을 맡고 권일, 김종호, 김해나, 박은선, 손현지, 윤지서가 출연했다. <남자 사람 친구>는 연출 송정안과 배우 강정임, 김다솔, 남유라, 방기범, 채송화가 함께했다. 이양구가 연출을 맡은 <먼지 회오리>는 김무늬, 김벼리, 박민우, 이지호, 조민주가 출연했다.

후배 위하는 선배

김슬기

등장인물	안우연	19세, 남자, 대학생
	신기한	19세, 남자, 고3
	신기루	19세, 여자, 고3, 신기한의 쌍둥이 여동생
	김신혜	19세, 여자, 고3, 신기한의 여자 친구
	계구봉	19세, 남자, 고3
	이지은	19세, 여자, 고3

무대	방과 후 교실

일러두기	공연의 형식에 따라 책걸상은 어떤 형태로 있어도 좋으나, 편의상 여섯 개의 책걸상이 둥그렇게 반원 형태로 놓여 있는 것을 상상한다. 실제 학교에서 공연을 한다면 교실에서 해도 좋을 듯하다.

4월의 어느 날, 아무도 없는 조용한 교실.

칠판에는 '안우연 선배와의 대화'라고 크고 성의 없게 적혀 있다.

안우연, 전화 통화를 하며 들어온다.

우연, 아무도 없는 교실 안을 기웃기웃 둘러보다가 '안우연 선배와의 대화'라고 적힌 칠판을 본다.

우연은 가운데 두 자리 중 한쪽에 가방을 두고 창문 앞으로 간다. 창밖을 내다보면서 계속 통화한다.

안우연　　아 엄마, 별건 아니고, 고3 애들 몇 명 데리고서 나 대학 갈 때 어떻게 했다, 뭐 이런 거 팁 주는 자리야. 어. 쌤네 반에서 신청받았대. 교무실? 난리 났지, 뭐. 하— 나 원 참…. 쌤들 진짜 그렇게 안 봤는데. 그 사악하던 학주까지도 날 막 끌어안더라니까? "우연이 네가 이 학교의 자랑이다!" "개천에서 용 났다!" 내 이름도 모르던 쌤들까지 "우연아—" 이러니까 막 닭살 돋더라구.

신기루, 소리 없이 들어온다. 어딘가 무뚝뚝하고 비사교적으로 보이는 인상이다.

우연은 기척을 못 느끼고 계속 창밖을 보며 통화한다.

기루, 우연의 등을 바라보다가 그의 가방이 놓인 자리와 가장 먼 자리에 앉는다.

안우연　(잠시 듣다가) 어? 엄마 그거 어떻게 알았어? …나도 잘은 모르는데, 과가 없어진대. 어, 우리 과랑 사학과랑 또 어디더라. 어. 선배들도 분위기 안 좋고…. 우리도 입학하자마자 이러니까 정신없네. (듣다가) 아유, 나 어차피 '빠른'이라 술집 못 들어가는 거 알잖아. 돌겠어— 나 때문에 민증 검사하고 쫓겨나니까…. 그러게. 엄마 때문이잖아! 날 왜 2월에 낳아가지고. 뭐? 아— 안 그랬음 나도 지금 고3이구나. 엄마 잘—했어. 굿 잡. (듣다가) 애들? 아이고, 고3 때는— 대학생보다 부러운 게 없어요. 근데 무슨 말을 해주나. 어차피 꼴통들이라 좋은 대학 가긴 글렀는데. 나처럼 수능 대박 나기가 쉬운 것도 아니고… 그니까.

기루, 가방에서 공무원 시험 문제집을 꺼내 소리 나게 펼친다.

(표지가 관객에게 보이면 좋겠다.)

그 소리에 깜짝 놀라 뒤돌아보는 우연.

안우연   엄마, 나 이제 끊어야 돼. 어어. (끊는다.)

잠시 침묵이 흐른다.

우연, 머릿속이 복잡하다. '앤 언제 들어온 거지? 어디서부터 들은 거야?' 우연, 기루에게 말을 붙이고 싶은데 어렵다. 문제집에 눈을 박고 있는 기루의 모습이 '너랑 대화할 생각 전혀 없음'으로 느껴진다.

안우연   저기, 네가 반장이니?

신기루   …임시반장인데요.

우연, 말을 받아준 것에 살짝 긴장이 풀린다.

안우연   쌤이 올해는 임시반장이 쭉 간다고 하시던데?

신기루   (신경질적으로) 아 씨. 안 한다고 했는데.

안우연   …공부 열심히 하네?

신기루   ….

안우연   아, 이거 몇 명이 신청한 거야?

신기루   신청이요? 무슨 신청이요?

안우연   이거 대화….

신기루   (조금 생각하다가) …아. 저까지 다섯 명인데, 면담 끝나고 한 명씩 올 거예요. (손목시계를 보고) 끝나

면 제가 쌤한테 말할 거구요. 한 시간 안으로 끝내
셔야 될걸요.

안우연　　어, 쌤 바쁘신 것 같더라.

신기루　　쫌 있음 중간고사라서.

안우연　　…근데 너 그 문제집….

우연이 기루의 문제집을 보려고 하는데 계구봉이 들어온다.

구봉, 자세를 바르게 하더니 꾸벅 인사한다. 만화책 몇 권을 품에 소
중히 안고 있다.

계구봉　　안녕하세요, 선배님!

안우연　　(깜짝 놀라 돌아보며) 어! 안녕?

구봉, 의자를 쭉 보더니 역시 우연과 최대한 떨어진 기루의 맞은편
자리에 앉는다.

구봉, 기루에게 손짓을 하며 인사한다.

계구봉　　신기루, 면담 잘했니?

기루는 냉담한 얼굴로 구봉을 잠시 보곤 다시 문제집만 본다.

구봉, 우연을 본다.

계구봉   안우연 선배님. 저 선배님 압니다!

안우연   (의외라는 듯) 그래? 나 학교 다닐 때 막 튀는 스타일은 아니었는데….

계구봉   늘 감사한 마음을 가지고 있었습니다.

안우연   (반가워서) 나한테?

계구봉   재작년 고2이실 때… 학주로부터 다량의 만화책을 뺏기셨지요.

안우연   …어떻게 알았지?

계구봉   제가 작년 말에 만화 동아리를 만들었습니다. 혹시 알고 계셨습니까?

안우연   …아니.

계구봉   물론 만드는 과정에서 잡음이 있었고 동아리 원을 모집하는 일 역시 어려웠지만, 현재는 동아리 폐쇄만큼은 막아낸 상태입니다. 별관 3층 과학실 옆이 저희 동아리실입니다. (품에 안은 만화책을 보여주며) 각 학년 쌤들을 찾아다니며 최근 몇 년 동안 압수된 만화책들을 모으고 있지요. 선배님께서 기부하신 만화책이 상당한 양을 점하고 있답니다. (고개 숙여 정중히 인사하며) 감사합니다.

안우연   하하….

계구봉   선배님, 정말 멋지십니다.

우연의 얼굴이 반짝, 빛난다.

안우연   (쑥스러워하며) 왜 그런 말을 하지?

계구봉   이 학교에서 상위권 대학에 간 유일한 분이시잖아
요! 어떻게 그런 기적을 이뤄내셨는지요?

그때 이지은이 들어온다. 새것처럼 깨끗한 교복, 꽤 좋아 보이는 가
방과 실내화 차림이다. 눈에 띄는 것은 손목에서 찰랑대는 판도라 참
팔찌이다. 여러 개의 참 장식이 달려 달랑거린다. 그리고 귀여운 외
모에 비해 너무나도 퀭한 눈가와 표정은 마치 유령 같다.

계구봉   안녕, 지은아?

지은, 교실을 둘러보더니 구봉의 옆자리에 힘없이 앉는다. 그러고는
우연에게 조용히 목례한다.
이제 우연의 양옆, 두 자리만 남았다.

계구봉   지은아, 올해 '서코' 코스프레는 생각해봤니?

이지은   서코…?

계구봉	서울 코믹 월드 말이야.
이지은	아···.
계구봉	이제는 대답해줄 때가 된 것 같구나.
이지은	저기, 구봉아.
계구봉	거절은 거절할게.
이지은	아니, 미안···. 어려울 것 같아.
계구봉	너만 한 적임자가 없을 것 같아서 그래. 말했잖니, (만화책『원피스』를 보여주며) 넌 '로빈'이랑 꽤 닮았다고.
이지은	(보다가) 그러니? ···미안.
계구봉	너도 우리 만화 동아리의 일원이라는 걸 잊은 건 아니겠지?
이지은	미안하지만··· 내 선택은 아니었어.

구봉, 크게 실망한다.
지은은 미안해서 어쩔 줄 몰라 한다.

이지은	아··· 난 그냥 쌤이 부탁하시기에··· 이름만 올려도 된다고 해서 그냥 이름 쓴 거였는데···.
계구봉	···새로운 세상과 만나보는 것도 참 좋은 경험이 될 텐데.

이지은　　새로운 세상을 인생에 끼워 넣는 거… 난 좀 그래.

계구봉　　안타깝구나.

그때 김신혜가 노래를 부르며 들어온다. 짧고 타이트하게 맞춰 입은 교복과 진한 화장. 신혜, 주머니에서 헤어롤을 꺼내 앞머리에 말면서 기루의 옆자리에 앉는다. 기루의 문제집을 뺏어가는 신혜.

김신혜　　와, 니 개쩐다— 공무원 시험? (에듀윌 광고 노래)
　　　　　　"공무원 시험 합격— 공인중개사 합격—"

신기루, 다시 뺏어온다.

김신혜　　야, 신기한 넘나 어이없는 것. 진짜 자퇴함? 레알?
　　　　　　네가 신기한이랑 얘기 좀 해봐.

신기루　　(싸늘하게) 내가 왜?

김신혜　　오구오구, 우리 기루 빡쳐쩌여? 구래쩌여? 오구오
　　　　　　구—

신혜가 기루의 몸을 쿡쿡 찌른다.

짜증 난 기루, 홱 몸을 돌리고 문제집을 본다.

신혜, 우연을 본다.

신혜가 씩 웃자 우연도 웃는다.

김신혜   불 있으세요?

안우연   어?

김신혜   라이터.

안우연   왜?

김신혜   있어요?

우연, 주머니에서 주섬주섬 불을 꺼내 준다.

신혜, 실핀을 불로 달궈 속눈썹을 올린다.

우연, 라이터를 돌려받는다.

안우연   음… 그럼 이제 다 온 거니?

김신혜   (속눈썹을 올리며) 신기한 올 거예요. 걔가 마지막

            이에요.

계구봉   자퇴 때문에 면담이 오래 걸리는 모양이구나.

김신혜   (싸늘하게) 누가 너보고 말 걸래?

잠시.

계구봉	(쿨하게) 쏘리.
김신혜	(우연에게) 근데 진짜 서성대예요?
안우연	…응!
김신혜	대박. 무슨 과?
안우연	으응, ○○과라고…. 그런 과가 있어. (*없어지거나 통폐합되는 과가 들어간다면 좋겠다.)
김신혜	그게 뭐임? (기루에게) 너 뭔지 앎?
신기루	(문제집에만 집중한다.)
김신혜	(지은에게) 넌?
이지은	(힘없이 고개만 젓는다.)
김신혜	(지은에게) 헐랭대박! 니 가방 또 삼? 어디 거임? 나 한 번 메봐도 됨? 이지은— 나 한 번만.
이지은	으응… 그래.

우연, 헛기침한다.

김신혜	(우연에게) 맞다, 철학과에 아는 사람 있어요?
안우연	어…. 거기 몇 명 알아.
김신혜	유병훈 알아요?

그때 신기한이 들어온다.

신기한　　　씨―발, 그 새끼 왜.

싸늘해지는 분위기.

김신혜　　　궁금해서.

신기한　　　왜 궁금한데, 그 새끼가.

김신혜　　　같은 대학교래, 이 선배랑.

기한, 우연을 본다.

김신혜　　　아. 그냥 인친이라고. 그 오빠랑.

안우연　　　자, 얘들아. 진정 좀 하고….

기한, 우연의 옆자리에 가방을 쾅, 올리고 우연을 찬찬히 뜯어보면서 앉는다.

우연, 잠시 얼어 있다가

안우연　　　음… 다 온 것 같네. 내 소개를 우선 간단히 할게. 나는 올해 2월에 이 학교를 졸업했고 3월에 서성대에 들어간 안우연이라고 해. 안, 우연. 우연이 아

니다, 내가 대학에 들어간 건 우연이 아니다, 이런
뜻이야, 하하.

우연의 회심의 개그가 통하지 않는다.

안우연　　만나서 반갑다, 얘들아.

제각기 다른 방식의 박수를 보낸다.
우연, 가방에서 '합격 수기'를 프린트해온 것을 꺼내 주섬주섬 나눠
주면서

안우연　　사실… 선배와의 대화… 시간을 가지라고 했을
　　　　　때, 무슨 이야기를 해야 할지 모르겠더라고. 김소
　　　　　연 선생님, 너희 담임이시지? 작년 내 담임이기도
　　　　　하셨거든. 사실 쌤이 참관하시기보단 우리끼리 해
　　　　　보라고 하셨을 때, 대화보단 너희랑 같이 맛있는
　　　　　거나 먹으러 갈까….

아이들 "와!" 하며 손뼉을 친다.

안우연　　…하는 생각도 해봤지만, 나는 이번 대화가 참 의

미 있다고 생각해. 대학 입시의 끄트머리에 있는
너희 고3 후배들을 대상으로 나의 입시 전략을 공
유하고 그러는 거라… 다만, 내가 이 자리에서 얘
기해줄 게 있나? 하는 부끄러움은 솔직히 있어. 대
학 좀 잘 간 게 뭐라고, 내가 정말 후배들한테 얘
기할 자격이 있나…. 아하하, 굉장히 부끄럽다!

싸늘한 침묵이 흐른다.

안우연   …나눠준 건 내가 쓴 합격 수기인데… 읽어보면
도움이 될 거야. 읽고 싶은 사람은 읽고… 음 그럼
막 자유롭게, 질문도 막 주고받고, 막 그러면서 진
행하면 좋겠지?

기루는 공무원 문제집에 눈을 박고,
기한은 엎드려 잠을 청하고,
신혜는 셀카를 찍고,
지은은 퀭한 눈으로 멍하니 있고,
구봉만 미소 띤 얼굴로 우연을 보고 있다.

안우연   자! 우리가 그러면, 각자가 목표하는 대학, 과에

대한 이야기부터 돌아가면서 해보자. 목표는 높게
잡을수록 좋은 거니까! 내 성적에 이래도 될까 하
지 말고 용감하게 얘기를 해보면 좋겠지? 자, 누구
부터 시작해볼까?

우연, 기한을 봤다가 얼른 눈길을 피하고, 기루 쪽을 잠시 봤다가 역
시 얼른 구봉을 본다.

계구봉　　저는… 한국에 있는 대학엔 딱히 흥미가 없습니
다. 일본 유학을 생각하고 있는데…. 아, 선배님,
저는 에이스 피규어를 모으고 있습니다. 에이스는
저의 최애캐거든요. 에이스 같은 강한 남자가 되
는 것이 최종! 목표입니다!

김신혜　　(비웃으며) 어디서 덕내 안 나요?

안우연　　…한국에 있는 대학엔 흥미가 없구나….

계구봉　　네, 사실 대학이 제 목표에 도움이 되는 걸까 의구
심이 들긴 합니다. 억지로 들어가봤자 자퇴할 것
만 같달까요? (웃음)

김신혜　　(웃으며 기한에게) 자퇴가 트렌드임?

우연, 신혜의 리액션을 애써 무시하고 지은을 보면서

이지은   (미안해하며) 저도 없는데….

안우연   이상적으로 생각하는 대학교가 전혀 없니?

이지은   ….

안우연   하다못해 뭐 공학이 좋다, 여대가 좋다, 이런 거라
　　　　도….

이지은   (쓸쓸한 미소만 짓고 있다.)

안우연   뭘 공부해보고 싶다, 이런 것도 없어?

이지은   엄마가… 전문대라도 가길 바라시긴 하는데….

김신혜   뭐임? 가기 싫음 안 간다고 해.

이지은   안 가면 엄마가 슬퍼할 거라서….

지은, 갑자기 코피를 흘린다.

계구봉   어, 지은아. 너 코피!

지은, 코를 막고 벌떡 일어서서 나간다.

구봉이 우연에게 목례하고 급히 따라 나간다.

신혜, 이 상황이 재미있어서 나간 애들을 보다가

김신혜   이지은. 핫식스만 먹어요. 그저께부터.

안우연	핫식스?
김신혜	새로운 자해 방법인 듯? 넘나 신박한 것.
안우연	무슨 말이야?
김신혜	자해 중독이에요, 쟤. 지금까지 해본 자해만 50개도 넘는대요. (액션하면서) 막 여기 긋고, 여기 찌르고. 존나 관종 같애.
안우연	…그렇겐 안 보이는데.
김신혜	금수저 주제에. 쟤 팔찌 봤어요? 판도라, 졸라 비쌈. (무서운 이야기를 할 때처럼 목소리를 깔고) 쟤네 엄마가 백화점에서 사 준 건데, 볼 때마다 장식이 하나씩 더 달려 있어요. 쟤 엄마 소원이 하나씩 추가되는 거임. 건강… 영원… 성공. 쟤 보면요…. 엄마가 뒤에 붙어 다니는 거 같애.

신혜, 우연의 몸을 쳐 놀라게 한다.

우연, 깜짝 놀란다.

신혜, 깔깔 웃는다.

| 김신혜 | 존나 무섭죠? 족쇄인 줄. 쟤 엄마가 신상으로 애 휘감는 거 초딩 때부터 유명했어요. 자기 딸이 맨날 쌔거였음 좋겠나 봄. …아 씨, 나도 양육비 대 |

　 　 　 는 아빠 있음 좋겠다. 그럼 대학 갈 텐데.

안우연　　년 대학에 가고 싶구나?

김신혜　　당연한 거 아님? 대학 가기 싫은 사람이 어딨음?

안우연　　어디를 생각하고 있니?

김신혜　　그냥 막…. 유명 인서울?

안우연　　성적은 어느 정도 되니?

신혜, 머리의 롤을 풀어 만지작거리고 다리를 심하게 떤다. 잠시 말이 없다가 갑자기 휴대폰을 켜서 우연에게 보여준다.

김신혜　　아, 선배 인스타 해요? 나 인스타 팔로워 장난 아님. 쩔죠? 졸업하면 뷰티 블로거나 유튜버? 이런 거 될라구요. 이 여자, 파워 블로건데 존—예. 와, 셀카 올렸네. 미친. 핵존예. 집도 원래 존나 가난했고 고졸인데 지금은 완전 연예인급임…. 존부…. 남친도 대—박. 뭔가 살짝 보급형 공유 느낌 남. 돈도 존나 잘 벌고.

기한, 잠깐 몸을 일으켜서 신혜의 휴대폰을 본다.

김신혜　　이 남자 내가 전에 보여줬지? 쇼핑몰 재벌. 야, 니

두 빨리 막 1억, 아니 10억 벌어서 나랑 결혼해.
알았지?

기루, 문제집을 보며 고개를 절레절레 흔든다.

신기루   (시니컬하게) 결혼이 애들 장난인 줄 아나….

신혜, 기루를 잠시 보지만 못 들은 척 말을 이어간다.

김신혜   신기한 애, 돈 벌어서 3만 원씩 기부해요. 매달.
'세이브 더 칠드런' 맞나? 야, 맞지?

기한, 벌떡 몸을 일으킨다.

신기한   존나. 잠도 안 오네.
김신혜   6교시 내내 잤잖아.
신기한   (우연에게) 언제 끝나요?
안우연   어… 많이 바쁘니?
신기한   알바 땜에.
안우연   어… 이제 곧 마무리해야지. 알바…를 하는구나.
신기한   그냥 아버지 가게에서.

우연, 의외로 기한이 순순한 태도를 보이자 조금 더 파고들어본다.

안우연 저기, 기한이라고 했나? 기한이는… 대학에 혹시
가고 싶니?

신기한 …아뇨. 돈 벌어야 되는데요.

안우연 돈은 대학 졸업 후에 벌어도 되지 않을까?

신기한 …돈이 좀 빨리 필요한데.

안우연 돈. 그치. 필요하지. 저기… 그래서 자퇴하는 거
니?

사이.

기루를 제외한 모두가 기한의 눈치를 보는데

신기한 …대학 잘 가는 법인가 뭐 그거 알면, (잠시 기루를
보다가) 쟤나 좀 알려줘요.

신기루 (기한의 말이 끝나자마자) 안 간다고.

신기한 니는 가라고.

잠시.

김신혜   (기한과 기루를 가리키며) 남매예요. 쌍둥이.

안우연   그렇구나….

신기한   내가 돈 번다고.

신기루   돈 때문인 줄 알아?

신기한   심리학과 간다며.

신기루   공무원 시험 본다고.

신기한   대학 가서 보라고.

신기루   갈 필요 없다고.

신기한   가고 싶다며.

신기루   공무원 되고 싶다고.

신기한   그게 진짜 니 선택이라고?

잠시.

안우연   (기루에게) 심리학과에 관심이 있구나?

신기루   …어차피 대학 나와도 취직 잘 안 되니까. 빨리 준비해서 공무원 될 거예요. 빨리 자리 잡고, 인정받고, (기한을 보며) 제대로 된 인간 대접 좀 받으면서 살라구요.

신기한   신기루.

신기루   그러니까 너 입 좀 작작 털고 다녀. 술집 차린 게

닌 존나 자랑스럽냐? 동네방네 씨발 방송을 해.

신기한   그럼 쪽팔리냐?

신기루   어, 쪽팔려. 쪽팔려서─ 빨리 벗어나고 싶어!

김신혜   헐랭대박.

신기한   니가 씨…. (말이 잘 안 나와서 잠시) 엄마 우울증 고친다며.

신기루   (폭발한다.) 지가 혼자 망가진 걸 나보고 어쩌라고!

김신혜   대박 사건.

신기루   …야. 내가 선택한 적도 없는 인간들이랑 가족인 거 완전 억울하거든? 근데 이걸 죽을 때까지 안고 가라고? 신기한 넌 괜찮을지 몰라도, 난 안 괜찮다고.

잠시.

안우연   …얘들아, 난 너희한테 도움이 되고 싶어서….

신기루   (우연에게) 통학 어떻게 하세요?

안우연   아, 학교 앞에서 자취하고 있어.

신기루   자취하는 데 돈 얼마나 들어요?

김신혜   그거 알아서 뭐하게?

신기루   독립해야지.

김신혜   뭐임? 신기한이 니네 엄마 수발 다 들라고?

신기루   네가 뭔 상관인데?

김신혜   나 신기한 여친이잖아.

기루, 웃는다.

김신혜   왜 웃어?

신기루   김신혜. 니가 신기한이랑 결혼이라도 할 거 같냐?

김신혜   어, 할 건데, 할 건데?

신기루   우리 엄마 아빠가 너 같은 애 참도 좋아하겠다.

신혜, 지금껏 기루를 대하던 것과 확 달라진 태도를 보인다. 구봉을
대하는 것과 비슷하다.

김신혜   와… 이게 존나…. 어이 털리네. 귀엽다 귀엽다 해
         주니까 기어오르네? 야, 신기루. 니네 엄마 정신병
         원 입원한 거, 우리 엄만 참 좋아하겠다?

기루, 입을 꾹 다문 채 문제집만 본다.
아이들 사이의 공기가 달라진다.

우연, 안절부절못한다. '나는 누구인가, 여긴 어디인가.' 어떻게 해야
아이들을 집중시킬 수 있을까 고민해보지만 답이 없다.

때마침 지은과 구봉이 들어온다.

이지은　　죄송합니다.

안우연　　괜찮니?

지은과 구봉, 제자리에 앉는다.

약간의 침묵이 이들을 스치고 지나간다.

구봉, 피식피식 웃는다.

신혜, 노려본다.

김신혜　　뭘 쪼개, 돼지 새끼가.

계구봉　　소문이 사실이었구나. (기루에게) 니네 어머니, 진
　　　　　　짜 정신병원 들어가셨니?

기한이 벌떡 일어서려는데 그보다 더 빨리

신기루　　아가리 안 닥쳐?

기루의 기세에 기한이 엉거주춤 도로 앉는다.

안우연　　애들아….

계구봉　　(당황하지 않은 척 손뼉을 치며) 와우— 너 그렇게
　　　　　　말하니까 꼭 쟤네들이랑 비슷해 보인다. 하긴—
　　　　　　네가 나 경멸하듯 쳐다볼 때도 꽤나 쟤네 같긴 해.
　　　　　　근데 신기루. 너나 나나 같은 급 아니었니? 우리
　　　　　　반에서 네 이름 아는 애가 몇 명이나 될까? 다들
　　　　　　신기한 쌍둥이 동생으로나 알지.

기한, 벌떡 일어난다.

구봉, 재빨리 책상 밑으로 숨는다.

신기한　　저 새끼가.

구봉, 책상 밑에 숨어서도 계속

계구봉　　담임 부를까? 난 너 같은 애들 하나도 안 무서워.
　　　　　　나, 중학교 3년 내내 왕따 당한 끝에 자발적 아싸
　　　　　　로 진화한 계구봉이야! 후후후후, 너 같은 애들은
　　　　　　절대 알 수 없는 경지지. 뭐! 그렇게 쳐다보면 무

서울 줄 알고? 어차피 1년만 버텨서 졸업하면 볼 일도 없거든? 뭐! 뭐! 치려고? 치면 바로 경찰서 가는 거야. 가보자, 경찰서! 미자가 나이 속이고 술집 알바 하는 것부터 고발할 거야. 니네 아버지 가게 정지되는 꼴 좀 한번 보자고—

신기한   …저 찐따 새끼가 이성을 잃었네.

김신혜   야, 그냥 병먹금 해.

계구봉   난 니들이 나에 대해 뭐라고 수군거리는지 다 알 아!

이지은   구봉아….

계구봉   지은이에 대해서도! 야, 김신혜. 넌 지은이 물건 다 뺏어 가 쓰는 주제에 지은이 욕하고 다니는 거 양심에 안 걸리니?

김신혜   뺏긴 누가 뺏어?

이지은   구봉아, 그만해. 내가 쟤한테 준 거야.

김신혜   그래, 쟤가 나 준 거야—

이지은   내가 쟤한테 버렸다고.

사이.

신혜가 지은을 노려본다.

계구봉　지… 지은아, 겁먹지 마! 저런 애들 하나도 무서워
　　　　　할 거 없어!

김신혜　(싸늘하게) 아주 지랄을 하세요.

계구봉　지은이 넌 내가 지켜줄게. 지은아. 넌 달라. 넌…
　　　　　넌 나 같애. 알지?

이지은　아니.

구봉, 잠시 주춤한다.

안우연　구봉아… 그만 나와.

계구봉　아뇨, 선배님! 괜찮습니다. 그리고! 난 이 선배님
　　　　　가신 뒤에 니네가 뭐라고 씹어댈지도 다 알아! "어
　　　　　쩌다 대학 한번 잘 간 걸로 웬 찌질이 같은 새끼가
　　　　　와서 존나 딸딸이 치고 앉아 있네, 꼰대 새끼—"라
　　　　　고 할 거잖아. 내가 모를 거 같아?

사이.
처음으로, 모든 아이의 시선이 우연에게 맞춰지는 순간이다.
다소 긴 침묵.

안우연　그러니까 종합해보자면… 대학 가고 싶은 사람은

여기 없다고 보면 될 거 같거든? 근데 너흰 이걸 왜 신청했니?

계구봉 (책상 밑에서 기어 나와 공손하게) 선배님, 신청한 게 아니구요, 담임쌤이 "부모님 모셔올래, 선배와의 대화 할래? 골라!" 하셔서 이 자리를 선택한 다섯 명입니다만.

우연, 일어서서 창밖을 본다. 갈 데 잃은 시선, 그리고 깊은 한숨….

우연은 이제부터 일종의 보상(잠시나마 우쭐댐으로써 자기 증명을 하고 싶었던)을 바랐던 자신의 기대가 부서져 느끼는 민망함과 좌절감에 껍데기뿐인 공허한 말들을 쏟아낸다. 그것이 우연 스스로를 점점 더 무너지게 한다.

안우연 …애들아. (사이) 니네… 대학 안 나오면 어떻게 되는 줄 알아? 사람대접도 못 받고 살아…. 그래, 너희도 알다시피 대학 나온 사람들도 요즘 졸업하고 취직이 안 돼서 피똥 싸지. 그래도, 그럼에도, 그러니까 어떻게든 대학은 가야 되는 거야! 대학 나와도 그런데, 대학 안 나오면 오죽하겠니? 그런데 뭐…? 대학에 가고 싶지가 않아? (더 크게) 대학에 가고 싶지가 않아? 어떻게 대학에 가고 싶지가 않아? 캠퍼스에 로망이 없어? 잔디밭, CC, 로망이 없어? 과 잠바 입고 싶지가 않아? 아아— 대학 너도 나도 가니까 안 멋있어 보이나 보네. 대학 간 게 별거 아닌 거 같아 보이나 보네. 좆밥으로 보이는 거야. 그치? 근데… 너희 잘못 짚었어. 대학 가기 그렇게 만만한 거 아니다? 되게 어려운 거야. 어려운 거라고! (잠시) 우리 좀 솔직해져볼까? 니네… 대학 잘 가긴 틀린 거 같으니까 연막 치는 거잖아, 아니야? 그렇게 시크한 얼굴로 앉아 있으면 뭐라도 되는 줄 알고! 야! 니넨 꿈도 없어? 말해봐, 대학 안 나오면 어쩌려고?

우연, 점점 더 흥분해서 한 명 한 명을 지목해 말한다.

안우연　　(기루에게) 너! 공무원 되기는 뭐 쉬운 줄 알아? (신혜에게) 너! 뷰티 블로거? 야, 그건 뭐 아무나 되는 줄 알아? (기한에게) 너! 너 이씨…. 대학 나와도 돈 벌기 힘든데 뭘 하겠다고! (지은에게) … 너! 세상 살기 너만 힘든 줄 알아? (구봉에게) 너! 너 그 피규어 모으는 게 뭐라도 되는 거 같지? 뭐?

한국 대학엔 관심이 없어? 넌 그냥 존나 특이해 보이고 싶은 거잖아, 아니야?

침묵.

모두 입을 다문 채 우연을 싸늘하게 노려본다.

우연은 궁지에 몰린 기분이 들지만 마지막 남은 자존심을 짜낸다.

안우연 난 후배들을 위해 여기 왔는데… 너흰 내 조언을 들을 준비가 안 된 것 같다. 이 대화가 필요 없는 사람은… 나가도 좋아.

오랜 침묵.

지은, 가방을 챙겨 메고 일어선다.

지은, 문 쪽으로 걸어가다가 잠시 선다.

이지은 저기요. 대학 가면요…. 진짜 행복하고 즐거워요?

우연, 뭐라 말하고 싶지만 결국 대답하지 못한다.

지은, 나간다.

신혜, 일어선다.

김신혜　　선밴 대학 나와서 뭐 할 건데요?

우연, 뭐라 말하고 싶지만 결국 대답하지 못한다.

신혜, 나간다.

기루, 책을 챙겨 넣고 일어선다.

신기루　　그 과, 진짜 선배가 가고 싶은 데였어요?

우연, 뭐라 말하고 싶지만 결국 대답하지 못한다.

기루, 나간다.

구봉, 조심스럽게 일어선다.

계구봉　　선배님. 진짜 후배 위하러 오신 건가요?

우연, 뭐라 말하고 싶지만 결국 대답하지 못한다.

구봉, 나간다.

우연과 기한, 한동안 가만히 있다.

기한, 우연을 본다.

기한, 우연의 안경에 손가락을 넣어본다.

알이 없다.

침묵.

기한, 가방을 들고 훌쩍 나간다.

혼자 남은 우연, 책상 위에 그대로 놓인 합격 수기 출력물들을 주섬
주섬 챙긴다.

그 위로 서서히 암전.

막.

작 가 노 트

어디로든 향해야 하는 청소년기. 그러나 대한민국 청소년들에게 자기 결정권이란 '전혀' 없다고 해도 좋을 만큼 보장. 어렵사리 내린 결정도 사실은 '내 선택 아닌 내 선택'이기 일쑤. 저마다 개성을 가진 청소년들의 다양한 꿈과 욕망은 기성세대에 의해 거세되거나 깎여 다듬어지길 강요당한다. 이런 시스템 안에서 우리는 어떤 선택을 할 수 있을까?

이 희곡에 등장하는 인물들은 다들 무언가에 집중하고 있다. 자기 인생을 붙잡아주는 중심 추가 없기 때문이다. 안우연에겐 '어쩌다 우연치 않게 얻은 학벌', 신기한에겐 '무작정 돈 벌기', 신기루에겐 '공무원으로 대변되는 명예', 김신혜에겐 '불특정 다수로부터 얻는 관심', 계구봉에겐 '피규어', 이지은에겐 '자해'가 그것인데, 이들은 그마저도 놓치면 안 될 것 같기에 각자의 '그것'에 집중한다. 그렇다고 '그것'이 미래를 보장해주는 것은 아니다. 지금의 이들을 행복하게 해주지도, 궁극적으로 삶의 중심 추 노릇을 해주지도 못한다.

그렇다면 이들이 선택해야 하는 것은 무엇일까. 청소년극을 쓰는 작가로서, 이미 그 시기를 지나온 성인으로서 고민이 깊다.

남자 사람 친구

이오진

등장인물	영래	중3, 남자
	지아	중3, 여자
	나애	중3, 여자, 지아의 친구
	영래 엄마	사십대
	영래 아빠	사십대
	누나	21세, 영래의 누나, 대학생
	지아 아빠	사십대

시간	여름방학, 저녁 8~9시 사이
	(러닝타임 15~20분 동안 실시간으로 진행된다.)

무대	무대 가운데에 영래 가족이 머무는 펜션의 테라스가
	위치한다. 지아의 방은 펜션 공간을 제외한 나머지
	무대를 자유롭게 이용한다. 펜션 근처 산책로는 구불
	구불 이어져 객석까지 닿아 있다. 천장으로부터 내려
	온 창문에 채팅창이 떠 있다.

어두운 무대.

음악이 흐르고 있다.

무대 뒤로 영상이 뜬다.

영래의 페이스북 창과 지아의 페이스북 창. 영래와 지아가 보고 있는
휴대폰 화면이다. 손가락 터치에 따라 화면이 움직인다.

영래, 지아의 페이스북 프로필 사진을 넘겨 보고 있다. 어느 사진에
멈춰 가만히 본다.

지아, 영래와의 페이스북 대화창을 몇 번이고 다시 읽고 있다. 그러
다 "뭐 해"라고 쓰는 것이 보인다.

'보낼까 말까, 보낼까 말까' 하는 마음처럼 깜박, 깜박, 깜박, 커서가
망설이고 있다. 바라보고 있는 관객의 마음도 깜박깜박하는 순간, 영
래 엄마의 목소리.

영래 엄마　폰 좀 그만 봐!

조명이 확 밝아진다.

영래의 공간은 가평의 한 펜션 테라스.

지아의 공간은 지아의 방.

영래, 휴대폰을 주머니에 넣는다.

영래 아빠는 고기를 구워 영래 엄마의 그릇에 놔준다.

영래 엄마는 벌써 술을 많이 마셨다.

영래 엄마   (영래 아빠에게) 고기 더 태워줘.

영래 아빠   그냥 먹어.

영래 엄마   왜 바싹 안 태우는 거야? 내가 20년을 말했는데?

영래 아빠   아이 씨, 진짜. (영래 엄마의 접시에서 고기를 거둬다
가 다시 불판에 올린다.)

영래 엄마   (술잔에 술 따르며) 가서 누나 데리고 와.

영래 아빠   (영래 엄마의 술잔을 보고) 아 쫌!

영래, 일어나서 누나에게로 다가간다.

누나는 저만치서 휴대폰으로 통화 중이다.

누나   (전화하며) 내가 뭐.

영래   (누나에게) 누나.

누나   (전화하며) 말을 해.

영래   (누나에게) 밥 먹어.

영래 아빠   (영래 엄마에게) 그만 먹으라니까.

영래 누나   (전화하며) 이젠 나한테 말하기도 싫어?

영래 엄마   (영래 아빠에게) 나 좀 냅둬!

영래, 한숨을 쉰다.

지아, "뭐 해?"라고 써놓고 아직도 보내지 못하고 있다. 베개에 머리를 묻는 지아. 메시지 알람 소리에 지아, 영래인 줄 알고 반갑게 본다. 하지만 나애의 메시지다.

무대 한쪽에서 나애가 등장한다.

나애   연락 옴?

지아   아니ㅋ

나애   헐. 아직?

지아   ㅇㅇ

나애   왜ㅋㅋ

지아   몰라.

나애   카톡 할 시간도 없냐?

지아   엄빠랑 여행 갔잖아ㅋ

나애   ㅋㅋㅋ 난 엄빠 있어도 맨날 하는데ㅋㅋㅋㅋ

지아   (혼잣말로, 보내진 않고) …짜증 나.

나애 니가 먼저 보내ㅋ

지아 싫어ㅋ

나애 왜ㅋ

지아, 휴대폰을 덮어버린다.

나애, 퇴장한다.

영래, 지아에게 페이스북 메시지를 보낸다.

영래 뭐 해?

메시지 알람 소리. 지아, 나애인 줄 알고 힘없이 휴대폰을 확인하는

데, 영래다.

지아 (혼잣말로) 왔다.

지아, 숫자를 센다.

지아 (작게 소리를 내며) 하나, 둘, 셋, 넷, 다섯, 여섯, 일

곱, 여덟, 아홉, 열, 하나, 둘, 셋, 넷, 다섯, 여섯, 일

곱, 여덟, 아홉, 열. (메시지를 보낸다.) 그냥 책 봐.

너는?

영래 나 고기 먹을라고.

지아 헐. 부럽당.

영래 근데 못 먹고 있어.

지아 왜?

영래가 답장을 보내려는 순간 영래의 누나가 흑, 눈물을 터뜨린다.

영래 또 울어?

지아, 영래의 답장을 기다리고 있다.

영래, 휴지를 가지러 간다.

지아, 여전히 휴대폰을 보고 있다. 답장은 오지 않는다. 지아, 기다린다. 침대를 굴러다닌다.

지아 (혼잣말로) 뭐야.

지아의 휴대폰 벨소리가 울린다. 지아의 아빠다.
무대 한쪽에서 지아 아빠가 등장한다.

지아, 전화를 받는다.

지아	응, 아빠—
지아 아빠	응.
지아	밥 먹었어?
지아 아빠	응. 지아는?
지아	먹었어. 오늘 당직이지?
지아 아빠	응. 미안.
지아	아냐. 뭐가 미안해.
지아 아빠	밥 뭐 먹었어?
지아	반찬 꺼내서 먹었어.
지아 아빠	잘했어. 전화 온 거 없어?
지아	응?
지아 아빠	전화 온 거.
지아	….
지아 아빠	….
지아	응.

꽤 긴 사이.

지아   전화 안 왔어.

지아 아빠   ….

지아   이제 그만 물어봐.

지아 아빠   ….

지아   엄마 전화 안 와, 이제.

지아 아빠   ….

지아   아빠.

지아 아빠   응?

지아   이제 전화 안 온다고.

사이.

지아   …내일 봐.

지아 아빠   으응.

지아, 전화를 끊고 영래와의 채팅창을 확인한다. 답장이 안 왔다.

지아   (혼잣말로) 짜증 나.

영래, 지아에게 답장 보내려고 휴대폰을 보는 순간, 엄마가 뺏는다.

영래   엄마!

지아, 그 소리를 들은 듯 고개를 들어 영래의 가족을 본다.

영래 엄마, 영래의 휴대폰을 들고 테라스를 뛰어다닌다.
영래가 엄마를 따라간다.
영래 엄마, 깔깔 웃으며 영래 아빠 뒤에 숨는다.

영래　　　아, 폰 줘!

영래 아빠　　여보!

영래 엄마, 영래 아빠한테 안기며 숨어버린다.

영래　　　폰 달라고!

영래 엄마　　싫어.

영래　　　아, 안 볼게.

영래 엄마　　너 여행 올 때 약속했지? 폰 안 보기로.

영래　　　알았어.

지아, 나애에게 메시지를 보낸다.

지아　　　페메 옴.

나애	니가 보냄?
지아	아니, 걔가.
나애	뭐래?ㅋㅋ

지아, 휴대폰을 본다. 영래의 답장이 없다.

지아	저녁 먹는대ㅋㅋ
나애	아 씨, 나 저녁 굶었는데ㅠ
지아	굶는다고 안 빠짐ㅋㅋ
나애	0.8킬로 빠짐ㅋㅋㅋㅋ
지아	뭐얔ㅋㅋㅋㅋㅋㅋㅋ
나애	박영래가 뭐래ㅋ
지아	답장 없어ㅋ
나애	걔 원래 말 없음ㅋㅋ 원래 그럼.
지아	그래?
나애	걔 나랑 롯데월드 갔을 때도 그랬어ㅋ 존나 짱 났어ㅋㅋㅋ
지아	롯데월드 갔었어?
나애	얼ㅋㅋㅋ 중1 때ㅋㅋㅋㅋㅋㅋ 박영래 개오짐ㅋㅋㅋㅋ 바이킹 타고 욺ㅋㅋㅋㅋ 존웃ㅋㅋㅋㅋ

지아, 왠지 서운해져 나애에게 답장을 보내지 않고 휴대폰을 덮는다.

지아　　　…치.

영래, 엄마의 눈치를 보고 있다. 휴대폰을 주머니에 넣고 있다가 조금 걸어 나와 지아에게 메시지 보낸다.

지아의 휴대폰에 메시지 도착 알람 소리.

영래　　　밥 먹었어?

지아, 벌떡 일어난다. 영래다!

지아　　　아니ㅎ
영래　　　왜 아직도 안 먹었어?
지아　　　그냥 입맛이 좀 없어서.
영래　　　그니까 너 글케 말랐지.

지아, 메시지를 확인하고 설렌다. 방을 걸어 다니며 숫자를 센다.

지아　　　(기분이 좋아 날아다니듯) 하나둘셋넷다섯여섯일곱

여덟아홉열열하나열둘열셋열넷, 어… 열다섯열여
섯일곱여덟아홉열열열열. (메시지를 보낸다.) 아니
야. 나 뚱뚱해ㅋ

영래   니가 어디가 뚱뚱해ㅋㅋㅋ 김나애가 돼지지.

지아, 살짝 웃는다.

영래   김나애 만날 내가 돼지라고 놀리잖아.ㅋㅋㅋㅋㅋ
개 중1 때부터 내가 만날 '백돼지'라고 놀림ㅋㅋ
ㅋㅋㅋㅋㅋㅋㅋ 개 놀리면 존잼ㅋㅋㅋㅋㅋㅋㅋㅋ

영래, 현실에서 혼자 낄낄 웃는다.
지아, 기분 상한다.
나애의 메시지가 도착한다.

나애   아 씨ㅋㅋ 불닭볶음면 끓일까ㅋ 존나 배고파ㅋ

지아, 영래고 나애고 답장하기 싫어진다.

영래, 휴대폰을 본다. 읽어놓고 답장이 없는 지아.
영래, 기다리다가, 망설이다가

영래   넌 엄마 아빠랑 어디 안 가?

지아, 메시지를 확인한다.

지아   아빠는 일 땜에 늦게 들어오고, 엄마는 멀리 살아.

지아, 보내지 못한다.

영래 엄마   영래야, 노래 틀어줘! 내가 전에 좋다고 한 거.
영래   무슨 노래?
영래 엄마   그거 있잖아, 그거. 남자가 부르는 거.
영래   아.

영래, 휴대폰으로 노래를 튼다. 검정치마의 'Everything'이다.

영래 엄마, 몸을 흔든다. 영래 아빠를 안은 채.

영래 아빠   아, 뭐 해. 애들 있는데.

영래 아빠, 싫지 않다. 아니, 좋다.

음악 이어진다.

영래 엄마가 뒤에서 영애 아빠를 안은 채 음악에 맞춰 뒤뚱뒤뚱 걷는다.

지아, 아직도 아까의 문장이다.

지아   아빠는 일 땜에 늦게 들어오고, 엄마는 멀리 살아.

지아, 지우고 다시 쓴다.

지아   안 그래도 엄마 아빠랑 가려고. 부산 갈 거야.

'부산'을 '제주도'로 바꿨다가 다 지워버린다. 고민하는 지아.

지아   엄빠랑 가면 재미없잖아ㅋㅋㅋㅋ

지아, 답장을 보낸다.

확인하는 영래.

영래   하긴ㅋㅋㅋㅋ 우리도 엄마 아빠 둘만 신났어. 춤추고 난리 났어.

지아, 마음이 아리다. 지아는 마치 환상을 보는 것처럼 춤을 추고 있는 영래의 엄마 아빠를 바라본다.

지아　　　니네 엄마 아빠 사이 좋으신가 보다.

음악이 무대를 가득 채운다.

영래　　　엄마가 아빠 엄청 좋아해.

사이.

지아　　　아빠는?

영래, 고개를 들어 엄마 아빠를 본다.

영래　　　(사이) 아빠가 더 좋아하는 거 같기도 해.
지아　　　그게 좋대.
영래　　　뭐가.
지아　　　남자가 여자 더 좋아하는 거.

영래, 지아의 답장을 가만히 본다.

지아, 영래를 바라보고 있다.

여전히 음악 소리가 크다.

영래　　　너 내일 뭐 해?

지아, 심장이 두근거린다. 잠깐 망설이다가

지아　　왜?
영래　　저녁때 볼래?ㅋ 나 낼 올라가는데.

지아, 심장이 쿵쿵쿵 뛴다. 너무 기쁘다.
답장을 보내려는 순간

영래　　　김나애도 낼 된대.

지아, 심장 박동이 멈춘다.

영래 엄마 아빠의 춤만 이어진다.

지아, 하늘이 무너지는 것 같다.
사이.

영래　　　(혼잣말로) 왜 그러지?

지아, 인형을 품에 꼭 안는다. 생각한다. 슬프다.

영래, 답장을 기다리고 있다.

지아, 떨리는 손으로 메시지를 보낸다.

지아　　　김나애한테 언제 물어봤어?
영래　　　쫌 아까.

영래가 답장을 보내려는 순간

영래 엄마　너 또 휴대폰 보지!

휴대폰을 감추는 영래.

지아, 생각한다. 점점, 그러다 어느 순간 갑자기, 화가 난다.
지아, 손톱을 물어뜯으며 방을 돌아다닌다.

영래는 지아가 왜 그러는지 알 수가 없다. 고민한다.

지아, 휴대폰을 끄고 침대에 머리를 박는다. 점점 더 화가 난다.
사이, 갑자기 채팅창 열고

지아   너 그날 왜 먼저 갔어? 방학식 날.

영래, 확인하려는 순간

영래 아빠   영래야, 고기 탄다.

지아, 방에서 어쩔 줄을 모른다.

영래, 겨우 메시지를 보낸다.

영래   너 그날 담임이랑 면담 있다고 하던데. 김나애가.

지아, 숨이 턱 막힌다. 휴대폰을 끄고 침대에 머리를 박는다. 점점 더
더 화가 난다.

사이, 갑자기 채팅창을 열고

지아   그날 면담 30분 만에 끝났어. 방학하면 한참 못 보
               니까 그날 집에 가는 길에 같이 밥 먹고 노래방 가
               자고 할라 그랬는데. 그리고 갈 거면 너네 먼저 간
               다고 카톡 남길 수도 있잖아. 그거 하나 보내는 게
               그렇게 어려워? 나는 너네 갔는지도 모르고 한참
               찾았어.

지아, 거기까지 쓰는데 눈물이 난다. 팔로 눈물을 닦으며 계속 메시
지를 쓰다가 결국 다 지워버린다.

지아   아, 맞다ㅋㅋ 나 그날 면담 있었지ㅋㅋㅋ 나 똥멍
               청이ㅋㅋㅋㅋㅋ 나 미쳤나 봄ㅋㅋㅋㅋ 나 잘게ㅋ
               ㅋㅋㅋㅋㅋㅋ

지아, 메시지를 보내고 휴대폰을 덮는다.
지아의 페이스북 오프라인.

영래   (혼잣말로) 9시도 안 됐는데.

누나   (전화기에 대고) 다 집어치워!

놀라서 흠칫 누나가 있는 쪽을 보는 영래, 영래 엄마, 영래 아빠.

영래   …엄마, 누나 또 저래.

영래 아빠   가서 누나 좀 봐.

영래, 일어나서 누나에게 간다.

누나, 쪼그리고 앉아 있다. 얼굴을 무릎 사이에 묻고 있다.

영래   누나.

누나, 고개를 들지 않는다.

영래   누나.

누나, 고개를 든다. 눈이 퉁퉁 붓고 머리가 헝클어지고 엉망진창이다.

영래   괜찮아?

누나   ….

영래　　　산책할래?

사이.

누나, 몸을 일으킨다.

두 사람, 산책로를 걷는다. 한참을 말없이 걷다가 벤치에 앉는다.

(객석에 앉아도 좋다.)

누나　　　나 담배 피운다.

영래　　　응.

누나, 담배를 피운다.

영래, 휴대폰을 만지작거린다.

영래도 누나도 아무 말이 없다.

사이.

영래　　　누나, 진규 형이랑 싸웠어?

누나　　　…내가 진규랑 왜 싸워.

영래　　　아까 싸웠잖아.

누나　　　헤어졌는데. 지난달에.

영래　　　어?

사이.

영래   그럼 좀 전에 누구랑 통화한 거야?

누나   민규.

영래   …걘 또 누구야?

누나   애인이지, 누구야. 그리고 너보다 일곱 살이나 많
거든?

사이.

영래   왜 만나? 그렇게 싸우면서.

누나   장난하냐?

영래   ….

누나   사랑하니까 만나지.

사이.

영래   누나.

누나   어.

영래   나 좋아하는 애 있다.

누나   누구.

영래	그냥, 친구.
누나	나 애인인가, 걔?
영래	아니. 걔 말고. 걔 친구.
누나	…예쁘냐?
영래	어? 뭐.

사이.

누나	오래됐어? 알게 된 지.
영래	어? 뭐. 그냥. 학교 끝나고 집에 같이 와. 같은 동네 살아.
누나	걔도 너 좋아하냐?
영래	…모르겠어.
누나	물어봐.
영래	뭐라고.
누나	나 좋아하냐고.
영래	어떻게 물어봐.
누나	왜 못 물어봐.
영래	걔가 나 안 좋아하면 어떡해.
누나	모른다며.
영래	으응.

누나   그럼 물어봐야지.

영래   ….

영래와 누나, 그대로 앉아 있다.

사이.

누나의 휴대폰 벨소리가 울린다. 누나, 망설인다.

누나   야.

영래   응?

누나   너 꺼져.

영래, 어이가 없다.

누나   (여린 목소리로 전화를 받는다.) 여보세요.

누나, 영래에게 가라고 손짓한다. 영래가 계속 쳐다보니까 가운뎃손
가락을 들어 보인다.

영래, 누나를 두고 혼자 걸어간다.

지아, 방에 있다. 영래를 생각하고 있다. 나애를 미워하고 있다.

지아   …더워.

지아, 밖으로 나와 옥상으로 올라간다.

지아, 혼자 있다.

영래, 혼자 있다.

두 사람, 정면을 보고 있다. 서로를 생각한다. 이 생각, 저 생각.

지아의 전화가 울린다. 아빠다.

지아   왜.

지아 아빠   응. 아빠야.

지아   알어, 왜.

지아 아빠   밥 먹었어?

지아   먹었다니까.

지아 아빠   ….

지아   …왜.

지아 아빠   지아야, 아빠가 미안해.

지아   왜 그래, 갑자기.

지아 아빠   그냥.

지아, 괜히 눈물이 난다.

사이.

지아 아빠   울어?

지아   아니.

지아 아빠   지아, 뭔 일 있어?

지아   아니.

지아, 눈물을 닦는다.

지아   아빠.

지아 아빠   응?

지아   지아 예뻐?

지아 아빠   응? 엄청 예쁘지.

지아   응.

지아 아빠   왜?

지아   응, 아빠.

지아 아빠   응.

지아   ….

지아 아빠   ….

지아　　　내일 봐.

지아 아빠　　응.

지아, 전화를 끊는다.

영래와 지아는 관객석 쪽을 보고 있다.
사이, 음악.

지아, 휴대폰을 꺼내 망설인다. 보낼까, 말까.

지아　　　뭐 해?

영래, 메시지를 본다.

영래　　　그냥 있어ㅋ 안 잤어?

지아　　　응. 아직ㅋㅋㅋ

사이.
영래, 입술을 깨물다가

영래　　　미안해.

지아, 심장이 떨린다.

영래   그날 먼저 가서 미안해. 기다릴걸.

사이, 지아의 마음이 사르르 녹는다.

지아   아니. 내가 미안해.

지아, 또 막 눈물이 난다.

지아   나 이상하게 눈물 나ㅋㅋㅋ
영래   왜?
지아   몰라.

영래, 지아를 걱정한다.

지아   우리 내일 만나자.
영래   내일 돼?
지아   응. 김나애랑 보자ㅋ

사이, 기뻐하는 영래. 그러다 결심한 듯

영래   근데 나 할 말….

멈춘다.
망설이다가,
보낸다.

영래   나 할 말 있어.

지아, 심장이 뛴다.

지아   뭐?

영래, 뭐라고 쓰려다 다시 지운다.

"입력 중…"
"입력 중…"
영래가 썼다 지웠다 하는 것을 보는 지아의 마음도 움찔움찔한다.

지아   말해ㅋ

영래, 다시 쓰기 시작한다.

영래　　　내일 만나면 얘기해줄게 ㅋㅋㅋㅋㅋㅋ

보낸다.

지아　　　뭔데ㅋ

"입력 중…"

영래　　　내일 둘이 볼래.

영래, 지운다. 머리를 긁는다.

기다리는 지아.
커서가 깜박깜박.

영래　　　내일 만나면 얘기해줄게ㅋ 둘이 보자ㅋ

지아 기다린다.

영래, 계속 고치기만 한다.

영래   만나서 이야기하자. 둘이.

영래, 도저히 보낼 수가 없다.
그때 지아의 "입력 중…"

지아   그냥 내일 우리 둘이서 볼까?

지아, 보낸다.

영래, 메시지를 확인한다. 기뻐한다.

영래   그래.

지아, 가슴을 쓸어내린다.

누나, 테이블로 돌아온다. 남자 친구와 화해한 눈치다.

누나   나 배고파.

영래 엄마   넌 얼굴이 왜 퉁퉁 부었어?

누나   나 고기 줘. (고기를 보고는) 근데 왜 고기가 이렇게

탔어?

영래 아빠   원래 탄 게 맛있는 거야.

영래 엄마 아빠는 여전히 안고 있고, 누나는 고기를 먹는다.

영래 아빠   영래는?

누나   몰라.

영래 엄마   박영래! 너 또 휴대폰 보지!

영래와 지아, 서로를 생각한다.

서로를 계속 계속 생각한다.

그때, 지아의 화면에 나애의 메시지 도착 알림이 뜬다.

나애   야ㅋㅋㅋ 넬 박영래가 셋이 보재ㅋㅋㅋㅋㅋㅋㅋ

넬 되냐?

지아, 확인하지 않는다.

음악 커지면서 천천히 암전.

작 가 노 트

누군가를 좋아하면 아무것도 할 수 없었다. 세계가 그 애 중심으로 돌았다. 그 애를 생각하느라 잠이 오지 않는 밤이면, 어른이 되면 이렇게 심장이 터질 거 같은 게 조금 나아지나 싶었다. 그러나 지금도 여전히 누군가를 좋아할 때마다 세계 가 뒤흔들린다. 십대의 나도 삼십대의 나도 별수가 없다.

「남자 사람 친구」 속 인물들은 어쩌면 사랑에 빠진 우리 모 두를 닮았다. 말해주고 싶다. 너뿐 아니라 모두가 미숙하다고. 누군가를 진심으로 좋아하는 일은 실은 여러모로 어쩔 수 없 는 것이라고.

먼지 회오리

허선혜

등장인물	정연	17세, 여자 고1
	희정	17세, 여자 고1
	진	17세, 여자 고1
	병규	남자, 고등학교 교사
	호진	18세, 남자 고2

무대	학교 운동장

저녁. 운동장 끄트머리에 있는 등나무 벤치에 정연이 혼자 앉아 있다. 마치 생각이란 생각은 모두 운동장 바닥으로 떨어뜨린 듯 표정이 없다. 종이 울린다. 정연, 휴대폰으로 시간을 확인하고 다시 멍하니 있다. 간혹 매미 소리가 들린다. 뭔가가 보이는 듯 눈을 게슴츠레하게 뜨고 운동장을 바라보는 정연.

잠시 후 희정과 진이 뛰어온다.

진	야, 너 종소리 못 들었어?
희정	너만 안 들어왔어, 지금.
진	밥도 잘 안 먹더니. 뭔 일 있어?
정연	아니. 매미가.
희정	뭐라고?
정연	매미가 울어가지고.
진	어디서? 교실에서? 공부가 안 돼?
정연	아니.
희정	여기서 들리는데?
진	이게 들려서 여기 있는 거라고?
정연	응.
희정	(진에게) 얘 오늘 되게 이상해.
진	(정연 옆에 앉으며) 너 혹시 호진 오빠 때문에 그

래?

희정   (정연 옆에 앉으며) 우리 몰래 고백한 거 아니지?

정연   아니.

희정   그럼 뭐야. 속 시원하게 좀 말해봐. 답답해 죽겠네!

정연   회오리 같은 게 있어.

희정   어디?

정연   (운동장을 가리키며) 저기에.

진   어? 정말.

정연   너네 혹시 저런 거 갖고 있어?

진   집에?

희정   집이겠냐?

진   (한숨 쉬며) 아, 진짜.

희정   왜 그래?

진   배고파.

희정   나도. 치킨 먹고 싶다. 근데 나 먹으면 안 돼. 살 빼야 돼.

진   야, 좋은 생각이 있어.

희정   뭐?

진   상하이 치킨버거를 먹자. 그럼 살 안 쪄. 한 조각이라.

희정	와, 천재 아니냐? 먹자. 먹자. 먹자. 먹자.
진	(휴대폰 시계를 보고) 아, 말도 안 돼. 아직도 네 시간이나 남았다니.
희정	순간이동 하자. 야, 머리를 맞대봐.
진	그래. 지금 빨리 가서 먹고 오자.

희정과 진, 낄낄거리며 머리를 맞대고 텔레파시를 보낸다.

진	야, 맥도날드 왔지?
희정	어, 왔어. 왔어.
진	주문해, 빨리.
희정	저희 상하이 치킨버거 세트 두 개요.
진	케첩 많이 달라 그래.
희정	케첩 많이요.
진	야, 나왔다. 먹어, 먹어.
희정	야, 너 먹는 거 진짜 돼지 같아.

희정과 진, 낄낄댄다. 입을 오물오물하며 먹는 척하다 서로의 입이 살짝 닿는다.

희정	으악! 입 닿았어. 미쳤나 봐!

진, 구석으로 가 윗입술, 아랫입술을 잡고 흔들며 소리 지른다.

희정　　아, 진심 야자 빼고 다 재밌어. 아, 맞다. 병규.

진　　　헐 대박. 까먹고 있었어. 정연아, 가자. 고만 멍 때
　　　　　리고.

정연　　나는 회오리가 안 멈춰가지구.

희정　　자꾸 무슨 회오리.

진　　　어? 나 그거 뭔지 알 거 같애. 그거 혹시 막 가슴
　　　　　속이 답답하고 뭔가 이 안에서 막 도는 거 같고 그
　　　　　런 거 말하는 거야?

정연　　아마 그런 거……?

진　　　그거면 나도 있지! 어제 가정 시간에 졸 때 완전
　　　　　대박. 진심 깨 있으려고 나름 발악한 거거든. 아니,
　　　　　자고 싶으면 그냥 엎드려 자겠지. 근데 그냥 졸기
　　　　　만 했다는 건 수업 참여 의사가 있다는 거 아냐?
　　　　　근데 가정이 와가지구 어떻게 하는지 알아? (희정
　　　　　의 이마를 검지로 밀면서) 야! 돌대가리라는 티 내고
　　　　　싶어서 안달이 났니? 나라 살림이 왜 망하는지 알
　　　　　아? 너 같은 애들이 있어서 그러는 거야. 아니, 좀
　　　　　졸았다고 나라를 망친 인간이 됐잖아! 그때 (가슴

쪽에서 빙빙 손을 돌리며) 여기서 뭔가가 엄청 돌았
지. 진짜 마음속으로는 지구 폭파했어.

희정 헐. 그냥 냅뒀어? 진짜 개빡친다.

진 나 벌점 5점만 더 있으면 부모님 소환이거든. 다
스려야지. (손으로 기를 내리는 시늉하며) 후. 후.

희정 나는 그냥 가끔 막 불쑥불쑥 도는 게 있던데. 아무
이유 없이. 막 난리 치고 싶은 날들 있잖아.

정연 그럴 때 어떻게 해?

희정 그냥 내 안에 개 한 마리가 있구나, 하고 없어질
때까지 기다리지.

정연 (진에게) 넌?

진 나도 그냥… 구석에 짜져가지고 먹고 싶은 거나
생각하는 거지. 우리한테 뭐 방법이 있냐?

정연 이렇게 해보면?

정연, 블루투스 스피커로 음악을 틀고 신들린 듯한 춤을 춘다.

희정 야. 쪽팔리게 뭐해!

정연 해봐.

희정 아 진짜.

희정, 정연의 춤에 합류한다.

진　　　너네 진짜 미쳤냐. 지금 야자 시간이야.

희정, 진을 끌고 와 손을 맞잡고 방방 뛴다.

진　　　아, 진짜! 또 사람 미치게 하네.

정연, 희정, 진, 무아지경으로 춤을 춘다.

어느새 병규가 나타나 그런 그들을 바라보고 있다.

진, 병규를 제일 먼저 발견하고 정연과 희정을 멈추게 한다.

병규　　데려오랬더니 뭐 하고 있니?

진　　　이제 데려갈라고 했는데.

희정　　들어가자, 정연아!

병규　　아니, 됐고. 진이랑 희정이 먼저 들어가. 정연인 선
　　　　　생님이랑 얘기 좀 하자.

진　　　아, 춤추니까 더 배고프다.

희정　　그러니까. 우리 먼저 갈게, 정연아!

진과 희정, 퇴장한다.

병규   (벤치에 앉으며) 여기 앉아, 정연아.

정연, 병규 옆에 앉는다.

병규   정연아. 쌤도 잘 알아. 가끔 이렇게 나와서 바람 쐬고 싶고 그렇지?

정연   바람을 쐬다. 쐬다….

병규   그러니까. 바람도 쐬고, 하늘도 보고. 말도 안 하구 나와서 선생님 속도 썩이고 가끔 그러고 싶지, 뭐. 선생님도 잘 알아.

정연   '쐬다'는 '쏘이다'의 줄임말인가요?

병규   글쎄. 우리 정연이는 정연이 하나 때문에 학교가 아주 어수선해져도 정연이 생각만 하구 그래서 좋아. 집중력이 아주 좋은 것 같아.

정연   칭찬이에요?

병규   글쎄. 정연이가 한번 잘 생각해봐. 선생님 잘 알지? 혼내고 그러는 사람 아니잖아, 선생님이. 정연이가 한번 잘 생각해보면 좋을 것 같아.

정연   근데요, 선생님.

병규   그래.

정연　등나무 벤치는 무슨 나무로 만들어졌어요?

병규　등나무 벤치니까 등나무로 만들어졌겠지.

정연　아니요. 벤치요, 벤치. 등나무는 저거고. 이 벤치는요?

병규　글쎄. 살면서 그 답이 필요했던 적은 없는 것 같다. 정연이한테도 필요가 없을 것 같애. 정연이가 한번 잘 생각해봐.

정연　매미 소리 들려요, 선생님?

병규　매미? 안 들리는데?

정연　그럼 운동장에 저 회오리는요?

병규　운동장… 흙이 아주 고르고 단단해 보이네.

정연　회오리는 안 보이고요?

병규　정연아. 선생님도 대학 다니던 시절에 많이 놀았어. 수업도 안 들어가고 맨날 학교 앞 풀밭에 누워 가지고 낮잠 자다가 집에 가고 그랬어. 그래서 정연이 마음을 잘 이해해. 근데 선생님도 고등학생 때는 안 그랬거든. 공부를 아주 열심히 했어.

정연　선생님은 저희랑 눈높이를 맞춰서 잘 얘기해주시는 것 같아요.

병규　그렇지? 너희 마음 아주 잘 안다니까.

정연　그럼 저랑 야자 타임 한번 하실래요?

병규	선생님이랑?
정연	네. 반말하면 더 편하게 속 애기 할 수 있거든요.
병규	아무리 그래도 선생님이 선생님인데.
정연	그럼 말구요.

정연, 쓸쓸해 보이려는 듯 흙바닥을 발로 긁는다.

병규	아니, 그래. 하자! 대신 30초. 짧게!
정연	정말요?
병규	그래, 해. 시— 작!
정연	병규 너는 병신 같애.
병규	(벌떡 일어나서) 너 인마, 너!
정연	(슬프 표정으로) 야자 타임 하자면서요….
병규	(이를 악물고 다시 앉으며) 그래.
정연	좃도 몰라, 너는. 호구 새끼.
병규	정연이 내일 부모님 모시고 와라.
정연	게임이었잖아요, 선생님. 쿨하신 줄 알았는데….
병규	(참으며) 그래, 정연아. 선생님이 게임인데 욱했다. 이제 됐지? 공부하러 올라가자.
정연	선생님 노래 잘하시죠?
병규	그래, 잘하지. 올라가자.

정연	노래 한 곡만 불러주시면 올라갈게요.
병규	(살짝 화내며) 무슨 놈의 노래야, 노래는!
정연	화내시는 거예요, 선생님?
병규	선생님이 언제? 노래만 불러주면 올라갈 거니?
정연	네. 정말요.
병규	알았다. 선생님이 또 '한 노래' 했어. 그럼 선생님이 학창시절에 많이 불렀던 노래 한번 해볼게. (노래) "힘겨운 아침 햇살을 받으며 눈을 뜨니 어제의 내가 아님을 나는 느꼈던 거야. 수많은 시간 헤매며 방황했던 지난날들. 난 널 사랑해. 너의 모든 몸짓이 큰 의미인걸. 난 널 사랑해…."
정연	(동시에, 마치 외치듯 노래한다.) "난 널 사랑해. 내 마음 깊은 곳에 영원히!"

병규, 정연을 바라본다.

정연	(외침 같은 노래를 계속한다.) "어두운 지난날들의 슬픔은 기쁨 되고, 사랑은 우리들에게 한 조각 꿈이었음을. 수많은 시간 헤매며 방황했던 지난날들. 난 널 사랑해. 너의 모든 몸짓이 큰 의미인걸. 난 널 사랑해. 내 마음 깊은 곳에 영원히."

병규	너 이 노래 어떻게 아니? 신효범 아니?
정연	이거 여자친구 유주가 부른 노랜데요?
병규	여자친구?
정연	네. '복면가왕'에서.
병규	(깊은 한숨을 쉬며) 정연아. 노래를… 왜 그렇게 부르니?
정연	몰라요. 그냥 그러고 싶던데요.
병규	정연아. 선생님이 어떻게…. 하. 그래, 선생님이 미안하다.
정연	뭐가요?
병규	음. 잘 모르겠어. 솔직히 잘 모르겠다. 선생님이 어쩌면 좋을까?
정연	몰라요. 선생님이 무슨 말씀을 하시는지 잘 모르겠어요.
병규	나도 모르겠다. 정말 어렵다, 정연아.
정연	선생님 울어요?
병규	아니? 아니야. 그럼 있지. 한 30분 줄 테니까… 혼자 시간 좀 더 보내고 올래?
정연	(병규에게 가까이 가며) 저 혼자 더요?
병규	아니. 가까이 오지 말구. 그러니까, 가까이 오지 말구. 혼자 시간 잘 보내고 와. 알았지? 선생님이 잘

못했어.

정연　무슨 잘못을….

병규　정연이가 잘 생각해봐.

병규, 고개를 절레절레 흔들며 퇴장한다.

정연, 깊은 한숨을 몰아쉰다. 그러고는 가방에서 샤프심을 꺼내 하나, 하나 부러뜨린다. 여러 개를 움켜쥐고 부러뜨리기도 한다.

호진, 급하게 달려와 정연 앞에 멈춰 선다.

호진　(멋있게 땀을 닦으며) 정연아. 너 무슨 일 있다며.

정연　저요? 없는데.

호진　있는 것 같다던데!

정연　오빠 오늘 방송반 모임이라면서요.

호진　너 때문에 중간에 나왔지.

정연　왜요?

호진　니가 여기 혼자 앉아 있다길래.

정연　제가 혼자 있는데 왜 오빠가 달려와요?

호진　아니… 진이가 말해주길래.

정연　진이가 말해주는데 왜 와요?

호진　그러게. 그럼 돌아가볼게.

호진, 돌아서려고 한다.

정연　오빠.

호진　(정연 옆에 앉으며) 응.

정연　(샤프심을 건네주며) 이거 같이 부러뜨릴래요?

호진　아, 그래.

호진, 정연의 눈치를 보며 정연이 하는 대로 샤프심을 부러뜨린다.

호진　왜 부러뜨리는 거야?

정연　그냥. 마음이 편해져요. 오빠도 그렇죠?

호진　으응. 재밌네.

정연　난 재밌진 않은데.

호진　그래, 나도 좀 별로다. 생각해보니.

정연　별로면 안 해도 돼요.

호진　아냐. 이건… 완전… 힐링….

정연　그죠.

호진　응. 진짜 힐링! 대박, 난 이런 게 힐링이 될 줄 몰랐다! 너무 좋아! 내일 당장 사러 가야겠어. 엄청 많이 살 거야!

정연　잊고 싶은 거 생각하면서 부러뜨리면 좋아요.

호진	오, 그렇구나. 그럼 혹시 내일 같이 사러 갈….
정연	오빠. 이 매미 소리 들려요?
호진	아. 샤프심은….
정연	들려요?
호진	아. 그게…. (듣다가) 응. 니가 말하니까 들린다.
정연	그럼 저 회오리는요?
호진	아. (한참 보다가) 니가 말하니까 보여.
정연	그전에는 안 들리고 안 보였어요?
호진	응.
정연	신기하네.
호진	그러게.

정적.

호진	정연….
정연	오빠.
호진	응.
정연	왜 말 안 해요?
호진	말 지금까지 잘 했는….
정연	나 좋아한다고요.
호진	아….

정연   아니에요?

호진   아….

정연   아니구나.

호진   아니야! 아니야! 개좋아해!

정연   우리 사귈래요?

호진, 조용히 일어나 쾌재를 부른다.

호진   (앉으며) 어.

정연   그럼 부탁이 하나 있어요.

호진   뭔데!

정연   랩 해줘요.

호진   랩?

정연   네.

호진   지금?

정연   네.

호진   이렇게 갑자기 하라 그러면 너무 떨리는데.

정연   못 해요?

호진   아니. 해볼게. 크흠.

정연   여기서 말구요.

호진   그럼?

정연　　　방송실에 가서요.

호진　　　응?

정연　　　방송으로요.

호진　　　지금 야자 시간인데.

정연　　　네. 알아요.

호진　　　쉬는 시간에 해줄게.

정연　　　아니요. 지금요.

호진　　　다 들리는데? 여기 야자 하는 애들 다 들리는데?

정연　　　네.

호진　　　(고민한다.)

정연　　　안 해도 돼요. 그냥… 나를 생각하는 마음이… 그 정도뿐인 거고….

호진　　　아냐! 아냐. 다녀올게.

호진, 방송실로 향한다.

잠시 후 들려오는 MR 소리와 호진의 랩.

호진　　　아아— 마이크 테스트. 잘 들어! 1학년 3반 한정연 내 거다!

정연, 호진의 랩과 음악이 학교에 쩌렁쩌렁하게 울려 퍼지자 가슴속에 있는 모든 것을 토해내듯 운다. 빠른 비트와 신나는 랩에 파묻혀 울음소리는 들리지 않는다. 오열하는 모습만 보일 뿐. 한참을 울다 서서히 그치는 정연. 랩이 끝난다.

병규가 정연에게로 다가온다.

병규   정말 미안한데, 정연아. 이건 정말 지랄도 보통 지랄이 아니다. 이제 선생님도 더 이상 이성적으로 너를!

그 뒤를 따라온 희정과 진.

희정   (병규의 말을 깨며) 우아, 한정연 대박!

진   개부러워, 진시이임!

병규   얘들아. 선생님은 너희가 눈치를 좀 보면 좋을 것 같애. 선생님 기분이 어떨 것 같아?

진   핵잼일 거 같아요.

병규   뭔 잼?

희정   핵잼! 누클리어잼!

진   우하하하. 누클리어잼이래!

병규   너희 내일 부모님 모시고 와.

진   아, 왜요. 쌤!

신나는 얼굴로 뛰어오는 호진. 병규의 표정을 보고 주춤한다.

희정	(응원하듯이) 임호진! 임호진!
진	(따라 하며) 임호진! 임호진!
병규	임호진? 몇 학년 몇 반이야?
호진	아, 저. 2학년 5반입니다.
병규	호진이도 내일 부모님 모시고 와.
호진	네?
병규	선생님이 말이야. 너희에게 생각의 시간을 좀 주면 스스로 반성하고 시정하고 그럴 줄 알았어. 나이가 어느 정도 찼으니까. 근데 선생님이 굉장히 큰 착각을 한 것 같애. 아직 너희한테는 그런 권한을 주면 안 되는 것 같애.
호진	선생님. 근데 제가 나름의 이벤트를 했는데 아직 그거에 대해 정연이랑 얘기를 못 했거든요. 마무리를 좀 짓고 싶으니까 자리 좀 피해주세요.
병규	뭐? 너 선생님한테 말버릇이 이상한 거 같애.
호진	네. 선생님인 거 당연히 알아요. 근데 제가 힘들게 그런 이벤트를 하고 나서 아직 원하는 대답을 못 들어가지고요.

희정	맞아요, 눈치 좀 보세요, 쌤! 적어도 30분 뒤에 왔어야죠!
병규	얘들아. 너희가 뭔가 잘못 알고 있는 것 같은데 그런 말은 선생님이 학생들한테만 할 수 있는 말이야.
호진	아 근데요, 선생님.
병규	그래.
호진	자리 좀 피해주세요.
진	그래요. 가요, 쌤! 둘만 얘기할 시간이 필요할 것 같아요!
병규	(고함) 이놈들이 선생님을 물로 보고! 선생님이 오냐오냐해주니까 장난인 줄 알아? 나처럼 너희 인격적으로 대우해주는 선생님 있어? 잘 대해주고 잘 받아주니까 끝을 모르고 이놈들이!

병규가 화내고 있는 틈을 타 호진이 정연 앞에 왕자처럼 한쪽 무릎을 꿇는다. 그걸 본 희정과 진이 엄청 좋아한다.

| 병규 | 오늘 일은 내 선에서 끝내려고 했는데 절대 아닐 줄 알아! 교감 선생님, 교장 선생님한테까지 전달하고 너희 부모님들한테 전화 갈 줄 알아! |

정연, 무릎 꿇은 호진을 바라본 뒤 좋아하는 친구들을 바라보다 운동
장을 바라본다.

정연   멎었다.

병규   뭐?

다들 한참 만에 입을 연 정연을 바라본다.

정연   회오리가 멎었어요.

병규   애는 아까부터 자꾸 회오리 타령이고! 도대체 어
           디에 무슨 회오리가 있다는 거야!

희정   정말. 없어졌네.

정연   (시계를 보더니) 가자.

정연, 일어나 교실 쪽으로 걸어간다.

진   정연아, 어디 가?

정연   가야지. 야자 하러.

정연, 퇴장한다.

병규   야, 한정연. 일루 안 와? 이눔의 자식이. 야, 인마!

병규, 무안한 듯 다른 아이들을 의식하며 정연을 따라 퇴장한다.

호진   나 어떻게 된 거니, 얘들아.

희정   (호진의 말이 안 들리는 척) 진아. 오늘은 상하이 말
           고 호치킨 정도는 먹어줘야겠다.

진   그래. 호치킨 들렀다 가자. 아, 오빠 오늘 랩 멋있
           었어요.

희정과 진, 퇴장한다.

호진   (한참을 서성이다가) 아… 개쪽팔려.

호진, 퇴장한다.

운동장의 먼지 회오리, 잠깐 높이 치솟아 올랐다가 언제 그랬냐는 듯
가라앉는다.

막.

작 가 노 트

고등학생 때, 야자가 한창인 해 질 녘이면 매점에서 산 아이스크림을 먹으며 등나무 벤치에 앉아 있곤 했다. 그러다 이따금 운동장에 이는 먼지 회오리를 봤다. 그건 회오리 같기도 하고 그저 먼지 날림 같기도 하면서 사실은 아무것도 아닌 것 같기도 했다.

그 시절 내 가슴속에는 그런 것이 자주 일었다. 움직이는 무언가가 가슴속을 쉴 새 없이 간지럽혀서 아주 작은 딴짓(혹은 미친 짓)이라도 해야만 했다. 그 회오리의 에너지는 분명 일상을 사는 에너지와는 다른 것이었다. 어쩌면 그때 그 회오리 바람을 따라가보는 게 더 나았을지도 모른다는 생각이 든다.

지금 내 가슴속엔 먼지 회오리가 없다. 멍하니 바라볼 운동장도 없다.

장
막
극

● <우리는 적당히 가까워>는 서울시립청소녀건강센터 '나는 봄'이 기획하고 페미니스트 극작가 모임 '호랑이기운'이 개발한 작품으로, 2017년 11월 23일부터 12월 3일까지 서울시립청소녀건강센터 다목적홀에서 초연했다. 이래은이 연출을 맡고 경지은, 김별, 김의태, 박지혜, 윤지서, 조시현, 황현주가 출연했다. <햄스터 살인사건>은 2014년 국립극단 '청소년극 릴-레이 Ⅱ' 시리즈의 첫 작품으로, 그해 5월 16일부터 24일까지 소극장 판에서 초연했다. 연출 최여림과 배우 설재영, 최희진, 박종용, 문병주, 강혜련이 함께했다. 「자존감 도둑」은 미공연 희곡이다.

자존감 도둑

김슬기

1장 철산역: 지원의 가출

지원, 철산역 앞에 무기력하게 앉아 있다. 4월의 봄밤인데도 두꺼운 패딩을 입고 있다. 지원, 휴대폰을 슬쩍 들여다본다. 그때 울리는 카톡. 지원, 얼른 답을 보낸다.

잠시 뒤 유리가 숨을 헉헉 몰아쉬며 뛰어 들어온다. 지원을 보고 멈춰 서는 유리. 계속 가쁜 숨을 몰아쉬면서 지원을 뚫어져라 본다. 유리는 짧은 반바지에 박시한 청재킷 차림. 힐도 신었다.

지원은 유리를 보고 잠시 의아해하지만 다시 휴대폰으로 눈을 돌린다.
그때 옥이 헉헉거리며 뛰어 들어온다.

옥　　　(헉헉) 야, 강유리— 같이 가.
유리　　(역시 헉헉, 지원을 가리키며) 얘가 정지원?

지원과 옥, 눈이 마주친다.
잠시 어색한 기운이 감돈다.
지원, 앉지도 서지도 못하고 엉거주춤한다.

지원   아… 안녕.

유리   4월에 (헉헉) 웬 패딩? 아, 더워.

옥, 지원에게 뭐라고 말을 하려다가 너무 숨이 차서 일단 쪼그려 앉아 숨을 고른다.

유리도 그 옆에 쪼그려 앉는다.

옥   (헉헉대는 호흡으로) 왜, 갑자기, 뛰냐?

유리   (헉헉대는 호흡으로) 오크, 물, 없지. (지원에게) 물 있어?

지원, 조금 놀란 기색이지만 가방에서 물을 꺼내 준다.

유리   뛰면 스트레스 풀림. (물을 마신다.)

옥   (물을 가져가 마시고) 뭔 스트레스.

유리   뭐 살도 빠지고 좋잖아.

옥   맨날 살 뺀대.

유리, 옥의 이마를 손가락으로 쿡쿡 찌른다.

유리   야 오크, 토 달지 마라.

옥, 유리를 피하며 일어나 숨을 몰아쉰다.
유리, 물을 다 마셔버린다.

지원   어… 내 물….

유리도 옥을 따라 일어선다.
지원도 엉거주춤 일어선다.

유리   아— 씨발, 왜 뛰었지? (지원을 보며) 아 맞다, 얘
                때문에!
지원   나?

옥, 후드집업 주머니에 손을 넣고 물끄러미 지원을 본다. 숨차던 것
이 차츰 가라앉는다. 옥은 후드집업과 청바지에 운동화를 신은 평범
한 차림새다. 화장을 진하게 한 유리와 대비되는 모습이어서 이 둘을
보자마자 '친구'라고 여길 만한 그림은 아니다.

유리   (지원에게) 너 진짜 가출했어?
지원   넌… 임옥 친구?

옥   (고개를 끄덕이며) 같이 오겠다고 해서.

유리   (지원에게) 그니까 네가 오크 남친? 오오—

옥   아, 그런 거 아니라니까.

유리   아님 말지— 왜 정색하고 지롤?

옥   아, 힘들어.

지원   물 다 마셨네….

유리, 지원에게 물병을 던져준다.

지원이 빈 물병을 흔들어본다.

유리   왜 가출했어?

지원, 차마 말하지 못하고 우물쭈물한다.

옥, 앉는다.

유리도 그 옆에 앉는다.

우물쭈물 서 있는 지원을 보고 유리가 옆자리를 탁탁 친다.

지원도 조심스레 앉는다.

옥, 유리, 지원이 나란히 앉은 모습이다.

유리는 가운데에서 옥과 지원을 흥미롭다는 듯 번갈아본다.

옥   (지원에게) 정지원. 너 내 번호 있었어?

지원   아… 아닌데, 카톡이 뜨길래.

유리   (옥에게) 오크 니한테 쟤 번호 있나 보지.

옥   그런가. (휴대폰을 확인한다.)

유리   (옥의 휴대폰을 보다가 지원에게) 근데 니네 친하지
        도 않다며. 왜 연락함?

옥, 머쓱해서 지원을 쳐다본다.

지원   아, 미안. 연락할 데가 없어서.

유리   너 학교 어딘데?

지원   재영고.

유리   거기가 어디야?

옥   (지원에게) 너 이사 갔나?

지원   어. 목동인데… 여기서 지하철로 20분, 아니다 30
        분? 그 정도 돼.

유리   올— 목동. 좋은 데 가놓고 이 촌구석까지 왜 왔
        냐.

옥   여기가 촌이냐.

유리   토 달지 말랬지. 팍 씨!

유리, 옥의 머리를 확 끌어다가 꿀밤을 계속 때린다.

옥   아! 쫌 하지 말라고.

유리   오올— 남친 앞이라 쪽팔리냐?

옥   남친 아니라고.

유리   오구오구, 화났어— 야, 장난이잖아.

옥, 헝클어진 머리카락을 툭툭 매만진다.

지원   (당황해서 횡설수설) 남친… 그런 거 아니고, 막상
          나왔는데 연락할 데가 없어가지고. 갈 데도 없어
          서. 전에 여기 살았으니까, 그래서…. 아 진짜 남
          친, 그런 거 진짜 아닌데? 나랑 안 친했어, 임옥.
          미안…. 갑자기 연락해서 놀랐지. 미안.

옥   (유리에게) 같은 학원 다녔어.

유리   무슨 학원? 아, 너 중딩 때 거기 어디지, 수학학
          원?

옥   어, 거기.

유리   애 애기 한 번도 들어본 적 없는데.

지원   (바로) 어, 안 친했어.

유리   안 친한데 카톡을 하고 찾아오네.

사이.

지원   (시무룩하다.) 미안.

유리   연락할 데가 글케 없나. 친구 없어? 같은 반 애 뭐
        그런 거.

지원   아직 친해진 애 없어.

유리   벌써 4월인데.

지원   ….

옥   전학 갔으니까 뭐 그렇겠지.

유리, 옥의 어깨를 끌어안는다.

유리   우린 젤 친한데— 우린 중딩 때부터 젤 친했다—

지원   아… 그래.

유리   그치, 오크—?

옥, 고개를 끄덕인다.

유리   몇 시냐— (휴대폰을 본다.) 8시네. 아, 배고파.

옥   정지원, 너 밥은 먹었어?

지원   아직….

유리   (옥에게) 넌 먹고 나옴?

옥   조금.

유리   나도 먹긴 했는데. 아 씨, 왜 배고프지. 너 배고프지?

지원   조금.

유리   맥날 갈래?

옥   돈 있어?

유리   몰라, 좀 있을걸. 얼마 있어?

옥, 주머니에서 돈을 꺼낸다.

유리도 돈을 꺼낸다. 그러고는 지원을 빤히 본다.

지원, 유리의 눈빛을 알아차리고 지갑을 찾아 주섬주섬 돈을 꺼낸다.

유리, 두 사람의 돈을 싹싹 끌어와 센다. 하나 둘 셋 넷….

유리   총 2만 7500원. 오키. 내가 총무니까 가지고 있는다?

유리, 일어난다.

옥   어디 가?

유리   맥날!

유리, 뛰어간다.

유리의 뒷모습을 멍청히 바라보는 옥과 지원. 결국 따라서 뛰어간다.

2장 분수대: 안 될 꿈은 꾸지도 말랬어

옥과 지원만 슬렁슬렁 걸어 나와서 분수대 앞에 와 앉는다.
둘 다 콜라를 들고 쪽쪽 빨아 마신다.

옥	아— 배부르다.
지원	걔는? 강유린가.
옥	화장실.

말없이 콜라를 마시는 두 사람.

지원	야, 임옥.
옥	왜.
지원	강유린가 쟤. 쟤 왜 너한테 오크라고 해?
옥	내 이름이 옥이니까.
지원	오크… 그거 안 좋은 거잖아.
옥	장난인데 뭐.
지원	기분 안 나빠?
옥	장난이잖아.
지원	그래도 좀 그런데.

옥	괜찮아.
지원	괜찮아?
옥	친구니까.
지원	그렇구나.
옥	(조금 강하게) 친구는 그런 거야.
지원	그렇구나.

잠시.

옥	(예민하게) 그런 거 왜 물어봐?
지원	(당황해서) 아니, 그냥, 그게… 미안.
옥	….
지원	….
옥	왜 나왔어? 가출 안 어울리는데.
지원	….

옥, 지원의 눈치를 슬쩍 본다.

옥	나도 집 나오고 싶을 때 많아.
지원	니가 왜?
옥	그냥 좀 답답해서? (잠시) 엄마랑 아빠가 말을 안

해.

지원   ···너 외동이었나?

옥   어. 넌 동생 있다고 하지 않았냐? 되게 어린애.

지원   응. 이번에 4학년이야.

옥   아! 작년에 니가 동생 얘기 했던 거 생각난다. 사
         진도 봤던 거 같은데. 너랑 되게 친하다며. 귀엽던
         데. 그때 좀 부러웠어.

지원, 고개를 푹 숙인다. 눈물이 갑자기 날 것 같다.

옥, 그런 지원을 보고 조금 당황하지만 모른 척해준다.

지원, 휴대폰을 만지작거린다.

옥   아빠한테 전화 와?

지원   수신차단 해놨어.

옥   어쩌려고 그러냐.

지원   나··· 내 동생 때렸어.

옥   왜?

그때 유리가 등장한다.

두 사람, 갑자기 입을 다문다.

유리   (조금은 진심으로) 야, 니네 내 욕 했지.

지원   어? 아닌데?

유리   나 똥 싸고 온 거 아님. 오해하지 말아라—

옥   왜케 늦게 왔어?

유리, 잠시 장난스럽게 지원을 보다가 옥에게 다 들리는 귓속말을 한다.

유리   생리대 갈고 옴.

지원, 얼굴이 좀 붉어진다.

유리, 깔깔 웃고 오두방정을 떨며 춤을 춘다.

유리   아 뭔데— 니네 뭔 얘기 하고 있었는데— 둘이—

옥   왜 때렸는데?

유리   뭐가? 누가 누굴 때려?

유리, 관심을 가지며 지원을 본다.

지원, 잠시 옥과 유리를 쳐다보다가 어렵사리 입을 뗀다.

지원   (불안하게) 내 동생… 때렸어. 내가.

유리	왜, 말 안 들어? 몇 살인데?
옥	4학년이래.
유리	완전 꼬맹이구만. 왜 때리냐? 남자애?
지원	응.
유리	존나 개미도 안 밟게 생긴 주제에 동생을 왜 패?
지원	팬 거 아니야. 한 대, 때렸어. …아빠 앞에서.
옥	…그래서 나왔어?
지원	(고개를 끄덕이며) 일단 나왔어.
옥	심하게 때렸어?
유리	동생 울었냐?
지원	…그런 거 같았어. 그냥 나왔어. 모르겠어. 어떡하지?
옥	왜 때렸어?

잠시.

| 유리 | 야, 동생 패는 데 무슨 이유 있어서 패는 거 아니야. 우리 언니들 나 때릴 때 존나 말도 안 되는 걸로 꼬투리 잡는데 진짜 미쳐버려. 아, 생각하니까 열 받네. 야, 언니 안 입고 나간 거 좀 입고 나온 게 그렇게 잘못한 거냐? 평소엔 가만히 있다가 지 |

기분 꼬이면 갑자기 머리채 잡는다니까? (생각하
니 열 받아 불쑥) 야! 너 나쁜 새끼네. 동생이 동네
북이냐?

지원 미안.

유리 왜 나한테 사과하고 지랄이야. 아니다. 사과해야
돼. 그래, 사과해! 너, 동생한테 빨리 가서 사과해!

지원 어떡하지….

셋 다 기분이 착잡하다.

잠시 침묵.

옥 너 아빠 때리고 싶었냐?

지원, 고개를 들어 옥을 빤히 본다.

잠시 시간이 멈춘 것 같다.

유리, 혀를 끌끌 찬다.

유리 그랬구만, 그랬어.

지원 ….

유리 그랬던 거야, 그랬던 거.

지원 ….

유리   동생이 늘 동네북이라니까. 니 동생도 벌써부터
         동생으로 사는 설움을 겪고 있겠구나. 아이고—
         불쌍하다, 불쌍해—

옥, 그만하라고 유리의 팔을 잡는다.

유리, 입을 삐쭉 내민다.

지원은 점점 감정이 복받친다.

지원   …자꾸 열 받게 하니까. 뭐든 다 자기 위주야. 난
         이사 가고 싶지도 않았고, 무리해서 공부 잘하는
         학교로 가는 것도 싫었어. 다 아빠가 밀어붙인 거
         야. 난 경찰공무원 같은 거 되고 싶지도 않은데…
         아빠 내가 경찰공무원 될 거라고 막 여기저기 말
         하고 다녀. 내 의견 같은 건 들을 생각도 없어. 독
         재자야, 완전. 엄마도 그래서 나간 건데…. 씨… 죽
         여버리고 싶어.

지원, 자기가 한 말에 조금 놀란다.

옥과 유리는 지원을 빤히 바라본다.

지원, 고개를 숙인다.

유리	야, 됐어. 그런 생각 한번 안 해본 사람이 어딨냐.
옥	그래. 그렇게 치면 나도 우리 아빠 백 번은 죽였어.
지원	내가 원래 말 험하게 하는 타입은 아닌데….
옥	알아.
유리	경찰공무원 될 타입은 아닌데. 니네 아빠 뭘 몰라도 너무 모른다. 경찰공무원이 아무나 되는 것도 아니고.

지원, 머쓱해서 유리를 쓱 보고는 고개를 숙인다.

지원	그건 나도 알아.
유리	닌 그럼 뭐 되고 싶은데?
지원	나? 난… 난 그러니까… 나.
유리	나? 너?
지원	응…. (확신을 가지고 조금 강한 어조로) 난 내가 되고 싶어.
유리	뭐래…. 존나 오그라들게.
지원	(머쓱하다.) 그런가….
유리	(의기양양해서) 난 방송인이나 쇼호스트 같은 거 될라구. 적성에 맞는 거 같애. 그치, 오크?

옥   어, 뭐.

유리   그래서 대학은 방송연예과나 연극영화과 갈 거야.
         특기로 노래 부르려고. 나 노래 좀 함. 노래방 갈
         까? 몇 시지? (휴대폰을 본다.)

지원   임옥 너는 작가 되고 싶다 하지 않았나?

옥의 표정이 살짝 굳는다.

유리의 눈이 반짝 빛난다.

유리   작가? 야— 그건 또 아무나 되는 줄 아냐.

옥   (차갑게) 알아.

유리   작가 되고 싶어 하는 사람이 얼마나 많은데. 우리
         큰언니 친구도 문창과 나왔는데 맨날 신춘인가 신
         촌인가 뭐지, 그거 맨날 떨어진대. 벌써 스물일곱
         인데. 망했스— 완전 망했—스.

옥   (조금 세게) 작가 하고 싶다고 한 적 없어.

유리   그래, 안 될 꿈은 꾸지도 말랬어.

지원, 옥의 눈치를 살핀다.

옥의 얼굴이 단단히 굳어 있다.

유리   애들아, 10시 되기 전에 코노 가자. 콜?

옥   가자.

옥, 훌쩍 일어나 먼저 저벅저벅 걸어 나간다.

유리   같이 가, 오크—

유리가 옥을 따라간다.

지원도 엉거주춤 따라 나간다.

3장 노래방과 오락실: 우리의 갈 곳

유리, 마이크를 들고 서서 리듬을 탄다.

옥과 지원은 앉아 있다.

여자 아이돌 그룹의 노래를 춤추며 부른다.

그럭저럭 들어줄 만한 실력이다.

잠시 암전 후 다시 밝아지면

옥이 브로콜리너마저, 검정치마 등의 노래를 무덤덤하게 부른다.

지원은 모니터 화면을 멍하니 바라보고 있다.

유리는 다리를 떨면서 휴대폰을 보고 있다.

다시 암전 후 밝아지면

지원, 뮤지컬 넘버 '대성당들의 시대'를 진지하게 열창한다. 음치인 것 같지만 노래에 대한 열정이 상당하다.

옥과 유리는 배꼽 빠지게 웃고 있다.

암전 후 밝아지면 오락실이다.

(아래의 장면들은 마임으로 처리한다.)

- 농구공을 바스켓에 넣는 장면

- 오락기를 부서져라 두들기는 장면

- 집중해서 총을 쏘는 장면

- 펌프

세 사람, 펌프를 한다.

자꾸 틀리지만 신이 난 유리.

펌프가 처음인지 영 서툰 지원.

굉장히 단단한 표정으로 능숙하게 펌프를 밟는 옥.

(이 장면에서는 옥이 가장 눈에 띈다.)

펌프가 끝나고 점수가 나온다.

SS(최고점)가 나온 옥은 내심 뿌듯한 미소를 짓는다.

유리는 B가 나와 조금 아쉬워하면서 F(최하점)가 나온 지원을 놀린다.

조금 머쓱하지만 환하게 웃는 지원.

4장 길거리: 이렇게 열린 가게가 많은데

세 사람, 길거리로 쏟아져 나온다.

다들 조금 들뜬 얼굴이다.

유리는 피카추 인형을 안고 방방 뛰고 있다.

유리　　　이거 진짜 내가 가진다?

지원　　　(들떠서) 신기하네. 나 인형 한 번에 뽑은 거 처음
　　　　　이야!

유리　　　야, 니 남친이 뽑은 건데 나 가져두 됨?

옥　　　　아, 진짜…. 맘대로 해.

유리　　　오예―

지원　　　(들떠서) 임옥! 너 펌프 되게 잘한다.

옥　　　　(기분 좋지만 아닌 척) 뭐… 그냥 조금.

유리　　　얘 학교 끝나고 하는 거 펌프밖에 없으니까 그렇
　　　　　지. 얘 장난 아냐. 학교에선 맨날 창밖만 쳐다보고
　　　　　있다가, 오락실만 가면 (펌프 하는 시늉) 막 이렇게,
　　　　　이렇게. 펌프에 한 맺혔냐?

옥　　　　스트레스 풀려, 저거 뛰면.

유리　　　너도 참 너야.

지원은 자꾸 옥과 유리의 눈치가 보인다.

유리   (휴대폰을 보며) 10시 넘었다. 아 씨, (지원을 보며)
       애 교복 입어가지고 이제 뚫리는 데도 없는데.

옥   나 가야 돼.

유리   미친— 실화임?

옥   (휴대폰을 보고) 엄마 12시엔 집에 들어오니까 그
       전에 가서 잠옷 입고 있어야 돼.

유리   대박. 나 울 엄마한테 니네 집에서 자고 온댔는데,
       이렇게 배신 때리기 있음?

옥   가야 돼.

유리   그럼 애는?

옥과 유리, 지원을 바라본다.
지원, 시무룩한 표정을 짓는다.

옥   아… 미치겠네.

유리   오크, 가지 마— 그럼 난 어떡하라고— 오늘 처음
       본 애랑 밤새 뭐 하라고— 얘가 나한테 나쁜 짓하
       면 어떡하냐?

지원   (발끈하며) 나 그런 사람 아니야!

유리   아, 뭐래— 넌 오크 집에 가면 좋겠냐?

지원, 대답하지 못한다.

옥   아, 돌겠네.

지원   (마지못해) …너희 가두 돼.

옥   너 어쩔 건데.

지원   나… 진짜 괜찮아.

유리   그래, 참 괜찮겠네. 얘 여기 버려놓고 가면 넌 잠이 참— 잘 올 거야!

옥, 결국 한숨 쉬며 길바닥에 주저앉는다.

유리도 힐을 벗고 바닥에 앉는다.

한동안 그렇게 있는 두 사람.

지원, 조금 밝아진 얼굴로 그들 옆에 조심스레 앉는다.

지원   너네 되게 착하구나.

유리   미친.

옥   우리 엄마 난리 날 텐데.

유리   우리 집에서 잔다고 하든가.

옥	믿겠냐? 퇴근할 때 맨날 니네 족발가게 지나는데 확인해보려고 할걸.
유리	우리 엄빠는 새벽 마감이지롱. 난 그래서 자유지롱. 언니들도 그래서 맨날 외박함. 아, 맞다. 우리 큰언니, 남친이랑 결혼한대!
옥	진짜?
유리	어. 언니 남친네 엄마가 한의사잖아. 언니 남친이 뭐지, 이번에 프랑스에다가 건물 산대. 건물이 막 3억인가 10억인가 그렇대.
옥	언니 남친은 뭐 하는데?
유리	몰라. 알 바 아냐. 집에 그렇게 돈이 많은데.
지원	(멍해져서 혼잣말로) 프랑스…. 10억….
옥	니네 언니 대학원 간다고 하지 않았어?
유리	가면 뭐하냐. 어차피 졸업하고 진로 못 정해서 가려던 건데. 시집이나 가버리는 게 낫지.
옥	그래도 하던 공부도 포기하고 결혼하는 건 좀 별론 거 같은데.
유리	하고 싶어서 한 공부도 아니야. 점수 맞춰서 아무 데나 들어간 거지.
지원	무슨 관데?
유리	언론정보.

지원   좋은 데 아니야?

유리   아나운서 될 거 아니면 좆도 아냐. 걍 학비 갖다
       바치고 졸업장 따는 거지. 학비 개아까워. 그걸로
       나 코나 높여주지.

옥   ….

유리   야, 대학 간다고 진로 정해지는 것도 아니다, 우
       리 언니들 보면. 우리 작은언니는 선생님 하겠다
       고 영문과 갔는데 지금 전공 바꾸고 싶다고 개난
       리임. 임용고시 어차피 안 될 거 같으니까 그러지,
       뭐 딴 게 하고 싶어서 그러는 것도 아니야. 죽어
       라고 공부해서 대학 가면 뭐하냐고, 스무 살 넘어
       도 자기 인생 선택 못 하는 인간이 수두룩한데. 아
       씨, 나도 늙기 전에 빨리 오디션 봐야지. 맞다! 오
       크, 내가 말했나? 나 제와피 오디션 붙었었다고.

옥   ….

유리   아, 왜 저번에 내가 말했잖아. 나 초딩 때 오디션
       최종까지 붙었는데 너무 어리다구 엄빠가 반대해
       서 연습생 못 한 거.

옥   그거 진짜야?

잠시 지나가는 침묵.

유리   너 오늘 왜케 부정적이냐?

다시 차가운 침묵이 흐른다.

지원, 안절부절못하다가 한마디 얹는다.

지원   아 그래, 너 노래 아까 되게 잘하더라.

유리   그치? 아, 프듀 나가볼걸. 나 막 센터 하고 그러는
          거 아니야? (잠시) 아 씨, 나 왜케 뚱뚱하지. 우리
          언니들은 날씬한데. 아 씨, 나만 뚱뚱해…. 살만 빼
          면 될 거 같지 않냐? 살 빼고 코만 좀 높이고 여기
          턱만 좀 깎으면? 일단은 이 살들이 문제야. 이놈의
          허벅지살! 물러가라— 허벅지살, 뱃살아—

유리, 자리에서 일어나 맨발로 춤을 추며 외친다. "살! 살! 이놈의
살!" 유리는 전혀 뚱뚱하지 않지만 자신이 뚱뚱하다고 믿는다. 유리,
갑자기 춤을 뚝 멈춘다.

유리   우린 왜케 갈 데가 없냐. (주변을 둘러보며) 이렇게
          열린 가게가 많은데.

잠시.

지원   미안해, 나 때문에.

유리   됐어, 교복이 뭔 죄냐. 솔직히, 우리도 같은 인간인
데 왜 어른들은 이 시간에 여기 어디든 다 들어갈
수 있고, 우린 10시 땡 치면 들어갈 데가 없는 거
냐고. 존나 불공평해.

지원   맞아. 한 살 차이로 스무 살은 되고 열아홉은 안
되고… 이런 거 이상해. 사람들은 왜 이거 아니면
저거로 갈라놓는 걸 좋아할까.

유리   그치? 너 좀 나랑 생각이 맞네?

유리, 지원을 향해 손바닥을 펼친다.

지원, 소심하게 유리의 손바닥에 손바닥을 부딪친다.

유리   야, 임옥.

옥, 유리를 올려다본다.

유리, 옥을 차갑게 내려다보다가 갑자기 애교를 부리며 끌어안는다.

유리   우리 그거 하자.

옥   …그거?

유리   응. 너 엄마한테 혼날 때 내가 같이 갈게. 나 민구
         오늘 그거 해. 응? 응응? 야아, 오크— 내 베프—
         내 친구— 내가 젤 사랑하는 내 친구—

옥, 지원이 신경 쓰여 슬쩍 쳐다본다.
지원은 영문을 몰라 하는 표정이다.

옥   얘는 어떡하지?

유리   얘는 음… 넌 일단 여기 있어봐.

유리, 다시 힐을 신는다.
지원은 뭘 하려는 건지 몰라 멀뚱멀뚱하다.
유리와 옥, 일어선다.

유리   갔다 올 테니까 여기 꼼짝 말고 있어봐.

옥, 지원의 눈을 피한다.
유리와 옥, 조금 걸어서 동네 슈퍼에 들어간다.

지원, 혼자 앉아 기다리다가 아무래도 이상한 기분이 들어 일어선다.

발은 못 떼고 그대로 선 채 슈퍼 쪽을 기웃거린다.

잠시 뒤 옥과 유리가 슈퍼에서 나와 태연스럽게 걸어온다.

유리, 지원과 옥을 양옆에 끼고서 점점 빨리 걷는다.

그러다 갑자기 뛰는 유리, 붙잡혀 따라가는 두 사람.

5장 아지트: 난 내가 누군지도

세 사람, 상가 건물 비상계단으로 뛰어 들어온다.

유리는 오자마자 힐부터 벗어 던진다.

유리　　아, 발 개아파!

옥과 지원도 저마다 편한 자세로 널부러진다.

유리, 옥에게 손짓한다.

옥, 후드집업 안주머니에 숨겨온 팩소주들을 꺼낸다.

지원, 멈칫한다.

유리, 청재킷 안에서 마른안주를 꺼낸다. 사탕도 몇 개 꺼낸다.

유리　　아, 오랜만에 심장 쫄깃했네.

옥, 주머니를 뒤져 팩소주를 하나 더 꺼내 바닥에 던져놓는다.

지원, 놀란 눈으로 그것들을 내려다보다가

지원　　이거… 뭐야?

유리　　빌렸어.

지원   빌려?

유리   저기 슈퍼에서. 아줌마 착해.

지원   착해?

유리   괜찮다고.

지원   괜찮아?

유리   (웃음을 터뜨리며) 너 뭐 하냐? 됐고, 하나 마셔. 자.

유리가 던진 팩소주를 받는 지원.

지원   아니, 나 안 마셔.

유리   야, 오크.

옥, 유리가 던진 팩소주를 받는다.

지원, 옥과 유리를 번갈아가며 쳐다본다.

지원   너네 되게 나쁘구나!

옥   (싸늘하게) 너 갈 데 있어?

지원   …아니.

옥   (조금 폭발해서) 너 땜에 이런 거 아냐, 지금.

지원   아니… 난….

유리   왜들 싸우냐. 마셔, 마셔.

유리, 팩소주에 빨대를 꽂아 쭉 마신다.

유리   캬— 써. 씨발. 웩—

옥도 팩소주를 만지작거리다가 조용히 빨대를 꽂는다.

지원   (놀라서) 너 그거 마시게?

옥   그럼?

지원   나, 난… 학원 다닐 때 너 되게 멋있다고 생각했어. 딴 애들처럼 뒷담화도 안 하고 공부도 열심히 하고 그래서. …너 이런 애였어?

옥   이런 애?

유리   (웃으며) 이런 애가 뭔데?

지원   …난 이해할 수가 없다.

유리   너 돈 있어?

지원   …이제 없어.

유리   여기 아무도 안 와. 어때? 좋지?

지원   ….

유리   (차갑게) 여기 우리 아지튼데 내가 특별히 너 초대해준 거야, 내 친구 친구래서.

유리, 지원을 빤히 보다가 마른안주를 뜯어서 씹는다.

유리   맥주 빌려올걸. 근데 오늘 가방이 없어가지고. 아,

            울 오크가 백팩 메고 나왔음 딱인데.

옥   언젠 소주가 낫다며.

유리   그건 겨울이지. 날 따뜻해지면 맥주거든—

옥, 팩소주를 마신다.

지원, 그 모습을 어이없이 보다가 패딩을 벗는다.

유리   야, 훨 낫다. 왜 그 무겁고 더운 걸 싸매고 있었냐.

지원   난 추워.

유리   더워 죽겠구만.

지원   난 맨날 추워.

유리   그거 마셔. 그럼 안 추워.

지원   야, 임옥.

옥   왜.

지원   …아니다.

잠시 말이 없는 세 사람.

옥과 유리는 소주를 마신다.

지원도 에라 모르겠다는 듯 팩소주에 빨대를 꽂는다.

암전.

다시 무대 밝아지면 시간이 지나 있다.

셋 다 어느 정도 취해 아까와는 달라진 분위기. 아주 편안한 자세로 앉거나 누워 있다. 눈도 표정도 풀어진 상태다.

지원 아니 내가… 뭘 하고 싶은지 모르는 채로 있는 게 그렇게 나쁜 거야?

옥 아니. 그게 왜 나빠.

유리 그래도 빨리 정해놓는 게 이 팍팍한 인생 살기 편하긴 하지―

지원, 시무룩해진다.

옥 아니야. 어차피 인생에 픽스란 게 없는데, 미리 정했다고 해도 어떻게 바뀔지 알 수 없는 거잖아. 강유리, 니가 그랬잖아. 니네 언니들도 그렇다고. 스무 살 넘는다고 뭐가 정해지고 그러는 거 없다고.

유리   그거야 언니들 인생이고, 난 내 인생 정했으ー 정
해버렸으ー

유리, 취해서 느릿느릿 춤을 춘다.
옥과 지원, 팩소주로 건배를 한다.

유리   야! 나는?

셋이 건배를 한다.

지원   나는… 내가 뭘 하고 싶은 건지 모르겠어. 대체 어
떻게 해야 알 수 있는 건데? 난 내가 누군지도 모
르겠는데….

옥   어, 나도 몰라. 후우….

지원   난 내가 남잔지 여잔지도 모르겠는데…. 딸꾹.

사이.

유리   뭔 소리래?

지원   ….

옥   ….

유리	뭔 소리래?
지원	….
옥	….
유리	뭔 소리야?
지원	….
옥	(진지하게) 아, 진짜?
지원	어….
유리	(조금 무섭다.) 뭔 소리래?
지원	난 내가 남자인지 여자인지를― 모르겠어.
유리	너 남자잖아!
지원	그렇게 보여?
유리	…그렇잖아!
지원	왜?
유리	왜냐니?
지원	내가 머리가 짧아서? 교복 바지 입고 있어서? 내가 이거, 이거, (아래를 가리키며) 이거 달고 있어서?
유리	씨발, 너 취했냐?
지원	이거 가지고 태어나면 남자고… 없이 태어나면 여자고… 사람들은 뭐든지 이거 아니면 저거로 갈라서 얘기하는 거 좋아하는… 난 진짜 모르겠다….

모르겠다!

지원이 갑자기 "모르겠다!" 하고 빽 소리를 질러서 옥과 유리, 술이 확 깬다.

유리 야! 이 씨, 조용히 해. 어른들 와.

지원 어른들 씨발… 좆까드시구영….

유리 미쳐버리겠네.

옥 언제부터 그런 생각 했어?

지원 언제? 언제지? 언제…. 이 몸이 생각이란 걸 하기 시작한 그 순간부터다— 나는— 나는! 싫어. 진짜 싫다! 왜 남자로 태어나면 남자다워야 하고 넘나 싫은 경찰공무원이 되어야 하냐고…. 나는 남자로 사는 걸 강요당하고 싶지가 않다…. (딸꾹)

유리 (거의 경악해서) 말이야, 방구야?

옥, 잠시 생각한다.

옥 아니야, 그럴 수도 있어. 이렇게 생각하는 사람들도 있어.

유리 너까지 왜 이래. 얘 그냥 술주정하는 거잖아.

옥   아니야, 봤어. 자기가 남자인지 여자인지 모르는
        사람, 둘 다라고 생각하는 사람, 남자도 여자도 아
        니라고 생각하는 사람, 남자로 태어났는데 여자라
        고 느끼는 사람, 반대인 경우…. 막 암튼 되게 다
        양해. 세상에 남자랑 여자, 이렇게 두 가지만 있는
        건 아니야.

유리   니가 어떻게 알아?

옥   책에서 봤어.

유리   (기가 차서) 맨날 책에서 이상한 거나 보지.

옥   이상한 거?

유리   너 맨날 야한 소설이나 읽고, 그거 뭐야, 막 일본
        소설 그런 거나 읽고 그러니까 어쭙잖게 작가 하
        고 싶단 소리 했던 거 아니야? 너 중딩 때 뭐야, 가
        오린가 바나난가 그런 사람들 책 읽고서 작가 된
        다고 막— 그래서 나한테 혼난 거 기억 안 나냐?

옥, 팩소주를 들었다가 소리 나게 내려놓는다.

옥   내가 너한테 혼나?

유리   진심 어린 충고! 기억 안 나?

지원   나는 내가 남잔지… 여잔지… 내가 누군지… 내가

뭐가 되고 싶은지….

옥   (싸늘하게) 내가 왜 너한테 혼나야 돼?

분위기가 싸해진다.

지원, 이제야 두 사람을 본다.

지원, 알 만하다는 듯이 고개를 끄덕이면서 벌떡 일어나 유리와 옥을
가리킨다.

지원   너! 너! 너희 되게 이상하다.

유리   (예민해져서) 뭐래, 썅!

지원   너희 아까부터 친구 어쩌구 그러는데… 너희가 친
        구냐?

유리   취했으면 짜져 있어, 미친놈아.

지원   야! 임옥!

옥, 짜증 나서 고개를 돌린다.

지원   너, 애 싫지? 말해봐.

유리   아가리 안 닥치냐?

지원   너, 이런 거 훔쳐 오는 거 싫잖아. 너 이거 하기 싫
        잖아. 너 왜 그러구 있냐?

유리, 벌떡 일어나서 지원의 멱살을 잡는다.

유리   이 새끼가 불쌍해서 데리고 와줬더니!

옥   그만해.

유리   뭘 그만해! 이것들이 쌍으로 기어오르고 자빠졌
         네! 너 오늘 눈에 뵈는 게 없냐, 임옥?

옥, 유리를 빤히 노려본다.

유리, 옥을 한참 노려보다가 지원을 힘없이 풀어준다.

유리   (옥에게) 너… 나한테 왜 그러냐, 오늘?

옥   그만하자.

유리   뭘?

옥   친구인 척하는 거.

유리   무슨 소리야?

옥   말 그대로야.

유리   우리 친구잖아.

옥   언제?

유리   야, 임옥. 너 왜 그래.

옥   너 걔네가 다시 너 받아줘도 나랑 같이 다닐 거

야?

유리   ….

옥   아니잖아.

유리, 계단에 걸터앉아 망연히 있다가 갑자기 웃음을 터뜨린다.

유리   하, 존나 웃기네. 너 그거 계속 맘에 담아두고 있었냐? 얼척 없네. 아아— 너 내가 걔네한테 왕따 당하는 거 위로해주는 척하더니 속으론 고소했겠구나? 아아— 너 혹시 우리 엄만 사장이고 니네 엄만 설거지 알바라서 뭐 자격지심 그런 거 가지고 있었던 거야?

옥   그만해라.

유리   아니, 웃기잖아. 까놓고 얘기하자. 너, 나 아니면 친구 있어?

옥   너는?

유리   뭐?

옥   그만하자.

유리   뭘!

옥   그니까 그만하자고. 나 이제 친구 없어도 된다고.

유리   야, 임옥!

옥	너도 친구 없이 있어봐.
유리	야… 임옥.
옥	나 깎아내리지 않아도 너 충분히 잘났으니까, 그만하자고.
유리	무슨 말이야?

옥, 말없이 소주를 마신다.
유리, 너무 불안해진다.

유리	야, 임옥. 니가 나한테 어떻게 이럴 수가 있냐.
옥	….
유리	니가 어떻게…. 내가 그렇게 너한테 나빴어? 그랬어?

사이.

유리	왜 그래, 진짜…. 우리 친구잖아.
옥	이제 아니야.

유리, 멍하니 있다가 조용히 술을 마신다.
옥은 아무 말도 없다.

지원은 구석에서 두 사람을 번갈아 본다.

유리, 갑자기 울음을 터뜨린다.

지원, 혀를 쯧쯧 찬다.

지원　　　난 그래서 친구를 안 만들지. 이 몸은 친구를 안
　　　　　　만든다네….

유리, 더 크게 운다.

옥은 유리를 달래주지 않는다.

세 사람은 한동안 그렇게 각자, 있다.

6장 뚝방: 해 뜨려나

해가 뜨기 직전 가장 어두운 시간.

뚝방 정자에 지원, 유리, 옥이 앉아 있다.

지원은 두 사람과 조금 떨어진 자리에 앉아 있고,

유리는 울다 지쳐 옥의 어깨에 기대어 잠들었다.

옥은 천천히 흐르는 안양천을 말없이 보고 있다.

옥   해 뜨려나.

지원   아마도.

사이.

지원   괜찮아?

옥   ….

지원   안 괜찮지?

옥   나 되게 별로지.

지원   미안, 나 때문에.

옥   아니야. (잠시) 시원해. (잠시) 내가 자존감이 없어

            서 혼자 꼬여 있었지 뭐. 내가 니 말대로 멋있는

사람이었으면, 이렇게 안 됐을 거야.

옥과 지원, 잠든 유리를 슬쩍 본다.

유리, 잠든 채 칭얼거리며 옥의 허리를 끌어안는다.

옥, 잠시 그대로 있다가, 이윽고 유리를 안아준다.

지원, 그 모습을 보다가

지원　　친구라는 거 참 신기하네.

옥　　　…몰라.

지원　　내가 보기엔 강유리가 젤 자존감 없어 보이는데.
　　　　　하나도 안 뚱뚱한데.

옥　　　그니깐.

사이.

옥　　　아직도 수신차단 해놨어?

지원, 일어선다.

지원　　안 했어, 차단. 아빠한테 전화가 안 와.

지원, 안양천 가까이로 다가간다.

사이.

지원   얼마 전에 엄마 보러 갔었다. 우리 엄마 재혼할 거
           같아. 엄마가 아빠랑 헤어지고 지금 결혼하려는
           아저씨 만나면서, 나한테 미안하다고 했어. 그게
           작년인데… 난 엄마 마음 이해했어. 어차피 한 번
           사는 건데, 진짜 좋아하는 사람이랑 행복하게 사
           는 게 맞잖아. 엄마한테 그랬어. 아빠랑 애 둘 낳
           았다고 평생 살아야 되는 거 아니니까, 이제 엄마
           행복하게 살라고.

옥   대단하다, 너.

지원   (어깨를 으쓱한다.) 그냥. 나도 행복하고 싶으니까
           그런 건데. 한 번 사는 건데, 내가 원하는 대로 사
           는 게… 좋은 거잖아. 나도 꼭 그러고 싶거든.

슬쩍 웃는 옥과 지원.

유리   동생 보러 가.

옥과 지원, 유리를 본다.

유리, 부스스한 얼굴로 일어난다.

유리　　꼭 사과해, 꼭.

지원　　…알겠어.

유리　　아빠한텐 그냥 뭐. …그냥 개겨. 너 하고 싶은 대로 살아. 네가 생각하는… 너로.

옥과 지원, 유리를 물끄러미 쳐다본다.

유리　　왜. (민망해서) 아, 왜애— 뭐!

지원　　아냐. 고마워.

잠시.

유리　　근데 진짜… 나 안 뚱뚱해?

옥　　　어.

유리, 조심스럽게 옥을 본다. 그러고는 양말에 숨겨둔 지폐를 꺼내 흔들어 보인다.

유리　　맥모닝 먹을래? 사줄게.

옥   그러든지.

지원   어?

지원, 안양천 너머 하늘을 본다.

지원   곧 해 뜰 거 같다.

옥   그러게.

유리   아아, 배고파.

세 사람, 하늘을 바라본다. 묵묵히.

막.

작 가 노 트

청소년극을 쓰면서 가장 어려운 지점은 '내가 청소년을 타자화하고 있는 것이 아닌가?' 하는 내면의 물음과 싸우는 일이다. 사실 청소년극이 무엇인지 아직도 잘 모르겠다. 다만 그것을 찾아가기 시작했고, 사는 동안 청소년과 청소년극에 대한 고민을 집요하게 붙들고 싶다는 마음뿐이다. 이러한 고민과 다짐으로 「자존감 도둑」을 썼다.

나답게 사는 일에 대해 생각한다. 친구에게 핀잔을 듣더라도, 텔레비전 속 연예인만큼 멋지거나 날씬하지 않더라도, 지정된 성별과 내가 느끼는 성별이 다르더라도 '내'가 '나'로 당당히 설 수 있는 마음의 근육이 단단하면 좋겠다.

우리는 적당히 가까워

이오진

1장 교실

어두운 무대.
성교육 동영상이 나오고 있다. 신비로운 음악과 함께 정자가 힘차게
헤엄을 쳐서 난자와 만나는 영상이 흘러나온다. 아이들의 웃고 야유
하고 키득거리고 소곤거리는 소리가 들린다.

소리　　　정자와 난자의 만남이 언제나 새로운 생명의 탄생
　　　　　으로만 이어지지는 않습니다. 무분별한 낙태 수술
　　　　　은 사회적 문제를 야기하고 있습니다.

실제 낙태 장면을 담은 영상이 이어지고, 여자애들의 비명이 들린다.
어디선가 신경질적으로 흐느끼는 소리가 들리고 곧이어 아이들이
항의하는 소리.

"샘, 이거 그만 보면 안 돼요?"
"아 그만 봐요, 선생님. 애 울어요!"
"끄세요. 애 울잖아요!"
"샘 못 보겠어요!"

선아   (어둠 속에서) 불 좀 켜줄래?

조명이 들어온다. 고등학교 1학년 남녀 합반 교실.
한 여학생이 손바닥으로 얼굴을 가린 채 울고 있다.
선아, 다가가 여학생을 살핀다.

선아   괜찮니?
여학생   (짜증스럽게) 예.

그때, 수업 종료를 알리는 종소리가 울린다.

선아   (아이들이 떠들면서 교실을 나가는 와중에) 어, 오늘 본 거 감상문 적어서, 어, 부반장, 모아서 담임선생님께 내고, 어, 그리고 선생님은 1층 맨 끝 상담실에 있거든? 궁금한 거 있으면 언제든 찾아와. 반장, 인사. 나갔구나⋯. 갈게⋯.

선아, 우물쭈물하다가 짐을 챙겨 나간다.
조명이 교실 맨 뒷자리에 엎드려 있는 노을을 비춘다.
노을이 몸을 일으킨 다음 선아의 뒷모습을 바라본다.

잠시 뒤, 명이 노을의 옆자리 책상에 걸터앉는다.

노을　　저 샘, 오늘 처음 나왔나 봐.

명　　왜?

노을　　계속 아까부터 어쩔 줄을 모르잖아. 어려 보이는
　　　　데.

명　　몇 살일까? 스물일곱?

노을　　그것보다는 더 되지 않았을까? 서른?

명　　너 자다 깼어?

노을　　아니. 그냥 엎드려 있었어. 못 보겠어서.

명　　토 나와.

노을　　응.

그때 경진이 슬쩍 다가와 명이 걸터앉은 책상 다리를 확 당긴다.

명, 거의 책상에서 떨어질 뻔.

명　　　(경진을 치려는 시늉하며) 씨발아….

노을이 경진을 째려본다.

경진, 못 본 척하며 명의 어깨동무를 하고 교실 뒤쪽으로 간다.

쉬는 시간.

일상적인 교실의 풍경이다.

아이들, 거울을 보거나 음악을 듣거나 엎드려 잔다. 휴대폰으로 게임을 하기도 한다.

아까 울던 여자애와 친구들은 언제 그랬냐는 듯 수다를 떤다.

경진　　나 아까 꼴렸다.

명　　　미친— 언제.

경진　　아까 그 성교육 동영상 볼 때.

명　　　정자가 헤엄치는데 니가 왜 꼴려.

경진　　정자가 헤엄치니까 꼴리지. 솔직히 말해, 너도 섰잖아.

명　　　변태 새끼, 야동 봤냐? 교육 덜 받았네.

경진　　야, 김명.

명　　　왜.

경진　　너 쟤랑 뭐냐?

명　　　누구.

경진　　임노을.

명　　　뭐긴 뭐야, 친구지.

경진　　친구 아닌 거 같은데.

명　　　미친놈이 아침에 뭘 잘못 처먹었나.

경진	안 사귀냐?
명	쫌!
경진	하긴… 넌 쟤 친구 유수미 좋아했으니까. 예쁘긴 개가 더 예쁘지. 들었냐? 유수미, 그 형이랑 좆나 했대.
명	애들 좀 닥치라 그래. 하루 종일 그 얘기만 하냐.
경진	그 형 부럽지 않냐? 한번은 야자 끝나고 운동장 끝에서 이렇게 형이 앉아 있고, 유수미가 다리 벌리고… (따라 하면서) 이렇게 앉아 있었대.
명	누가 봤대?
경진	애들이.
명	누가.
경진	몰라. 유수미, 안 그럴 거같이 생긴 게 존나 먼저 올라감. 그 뭐냐, 얌전한 고양이 지붕 먼저 올라간다고.
명	부뚜막, 병신아.
경진	내가 먹었어야 하는데.

명, 기분이 나쁘다.

| 경진 | 알았어. (명의 품을 파고들며) 미안해. 그래서 임노 |

        을은? 너, 쟤 좋아하는 거 아니지?

명   아이 씨, 아니라고.

경진   쟤… 슴가 존나 크던데. 먹고 싶다.

명, 경진에게 주먹을 날린다.

경진   야, 씨…. 개새끼야— 안 좋아한다며!

2장 하굣길 놀이터

그네에 앉은 명과 노을.

명의 얼굴이 엉망이다.

노을　　왜 싸웠어?

명, 대답하지 않는다.

노을, 명을 빤히 본다.

노을　　말하기 싫어?

명, 노을의 시선을 피한다.

노을　　아까 본 거 어땠어?

명　　　뭐.

노을　　그 성교육 동영상.

명　　　초등학교 때 본 거랑 똑같던데.

노을　　그치.

명　　　그런 거 왜 보는지 모르겠어. 존나 재미 하나도 없고. 어차피 선생님들도 의무적으로 해야 되니까 하는 거 아니야? 차라리 야동이나 보여주지, 교육적으로다가.

노을, 명을 빤히 보는데 명은 눈치채지 못한다.

노을　국산 야동이라고 하는 거, 다 몰카래. 상대방 허락 없이 찍어 인터넷에 올리는 거라고. 맨날 신상 털린데. 자살한 여자도 있어.

명　아.

노을　그거 다운받아 보는 것도 다 범죄래.

명　…넌 야동 본 적 없어?

노을의 얼굴이 빨개진다.

노을　있지.

명　여자들도 봐?

노을　응.

명　대박. 하루에 한 번?

노을　넌 그걸 세면서 봐?

명　남자애들은 셀 수 없이 봐.

노을   맨날맨날?

명   뭐 거의.

노을   근데 진짜 야동 보는 게 차라리 더 나은 성교육 같
아?

명   몰라. 성교육 비디오 같은 거 존나 지루하고 현실
성도 없는 거 왜 보여주는지 모르겠어. 실제랑 너
무 다르잖아.

노을   해본 적도 없으면서.

명의 얼굴이 확 달아오른다.

명   어. 야. 뭐, 정자 난자, 이거는 진즉에 다 배운 거잖
아. 정자가 난자를 만나려면 정자가 난자 있는 데
로, 어, 선생님들도 어련히 알겠거니, (사이) 그렇
잖아. 야, 뭐 다 그런 거지. 아니냐?

사이.

노을   명아.

명   응?

노을   비밀 지켜줄 수 있어?

명	어? 어.

명   어? 어.

노을   내가 아는 언니가 있는데…. (사이) 임신했대.

명   …헐.

노을   그 언니는 고등학생은 아니구, 대학생인데, 같은 과 CC였대. 처음 만난 남자 친구인데, 처음으로, 어, 둘이 그랬는데 임신을 했대.

명   …어쩔 거래?

노을   모르겠대.

명   대책 없네. (사이) 아니지?

노을   뭐가.

명   가을이 누나.

노을   (얼굴 빨개지며) 절대 아니야.

명   그치?

사이.

명   그, 피임 안 했대?

노을   했는데 그렇게 됐대.

명   피임했는데도?

노을   어. 그럴 수도 있나 봐.

명과 노을, 생각에 잠긴다.

노을   너 전 세계 인구가 몇 명인지 알아?

명   70억인가….

노을   그 많은 사람이 다….

노을, 숨이 턱 막힌다.

명은 어떻게 반응해야 할지 모르겠다.

두 사람의 머리 위로 교성이 흐른다.

그 소리를 타고 정자가 힘차게 헤엄쳐 가서 난자를 만나는 동영상이

재생된다.

명   70억 인구가 다.

명은 자기도 모르게 야한 장면을 떠올린다.

이상하게 흥분되는 명.

노을   명아.

명, 노을과 눈이 마주친다. 노을이 너무 예뻐서 숨이 멎을 것 같다.

명, 잠시 넋을 놓는다.

명   나 너랑….

노을   …?

사이.

명   자고 싶어.

명, 정신이 돌아온다.
노을, 당황해서 온몸이 굳는다.

명   미안.

사이.

노을   미쳤어.

명   미안.

사이.

노을   나 집에 갈게.

명   미안해. 잘못했어.

명이 가려는 노을을 잡는다.

명   가지 마— 잘못했어.

둘이 아옹다옹한다.

노을   뒤질래?

사이.

명   내가 싫어?
노을   아니.

사이.

노을   그런 건 아냐.
명   …진짜?

사이.

노을   너 수미 소문 들었지?

명   …응.

노을   남자애들이 뭐래?

명   (우물거리며) 그냥….

노을   사람한테 막 걸레라 그러고.

사이.

노을   너무 나빠.

명   개념 없는 새끼들이 그러는 거야.

노을   넌 그런 대화에 안 껴?

명   유수미? 당연하지.

노을   다른 여자애들 얘기 할 때는?

명   (뜨끔해서) 나 안 그래. 날 뭐로 보고.

노을   나쁜 거지? 그거 한 거.

명   …학생이니까.

노을   그럼 수미, 잘못한 거지?

사이.

명   수미가 했는지 안 했는지 너도 모르잖아.

노을   모르지.

명   걔 그럴 애 아니야.

노을   그럴 애가 뭔데?

명, 대답하지 못한다.

두 사람 머리 위로 영상이 흘러나온다.

십대 걸그룹이 야한 춤을 추고,

광고에서 벗은 몸이 움직이고,

드라마에서 앳된 배우들이 입을 맞춘다.

노을   우리도 그러면… 그런 애가 되는 거야?

3장 노을의 집

노을과 가을, 이불을 펴놓고 누워 있다.

나이트 스탠드만 켜놨다.

노을　　　자?

가을　　　….

노을　　　안 자잖아.

가을　　　….

노을　　　나 뭐 하나만 물어봐도 돼?

가을　　　물어볼 거잖아.

노을　　　…왜 했어? 그거.

가을　　　…왜긴 왜야. 그냥.

노을　　　…그냥?

사이.

가을　　　그냥 다 궁금했어. 걔가.

노을의 얼굴이 새빨개진다.

노을	요샌 고딩들도 많이 해. 소문 막 나는 애들 좀 있어…. 내 친구도.
가을	…수미?
노을	…걔가 2학년 오빠 사귀었거든. 아이돌 준비하는 좀 잘나가는 오빠야. 근데 잤다고, 임신했다는 말도 있고, 학교에 소문이 파다해.
가을	수미는 뭐래?
노을	몰라.
가을	둘이 친하잖아.
노을	이제 안 친해. 아, 이게 애매한데… 원래 수미를 김명이 좋아했어. 그러다 수미가 그 오빠를 사귀었어. 그 오빠가 공개적으로 어, 사귀자고 해가지고. 근데 김명이 이후에 막 너무 힘들어서, 내가 하소연 들어주다 우리도 좀 친해졌는데.
가을	삼각관계?
노을	아냐! 그런 게 아니라. 수미는 막 오빠랑 사귀면서 내 카톡도 맨날 씹고, 뭐 말하려다가 말고. 나랑 약속 있는데 오빠 만나러 가서 내가 화냈단 말이야. 그랬더니 수미가 아예 나한테 말을 안 하기 시작했어. 나 친구라고는 수미밖에 없었는데…. 학

교도 맨날 수미랑 같이 오가고. 이젠 명이랑만 다
녀.

가을   둘만?

노을   응.

사이.

가을   뽀뽀했냐?

노을   그런 거 아니야!

가을   손은 잡았어?

노을   응.

사이.

가을, 무언가를 골똘하게 생각한다.

가을   내가 이런 말 하면 니가 어떻게 들을지 모르겠는
데….

노을   왜.

가을   …너 혹시 콘돔 가지고 다니냐.

노을   언니 미쳤어?

가을   혹시 모르니까.

가을이 벌떡 일어나 전등을 켠다.

노을   눈 부셔!

가을이 핸드백에서 콘돔을 줄줄이 꺼낸다.

가을   이리 와서 앉아봐.

노을   엄마 깨면 어떻게 해.

가을   엄마 자.

가을, 콘돔 하나를 집고는 방을 두리번거린다. 그러고는 물병을 집었다가 다시 내려놓는다.

가을   너무 두꺼워.

노을   아, 언니!

가을, 볼펜을 가지고 온다.

가을   이건 좀⋯.

가을, 화장대를 뒤져 화장품 병 하나를 들고 온다.

가을　　가지고는 다녀. 혹시 모르니까. 알겠지?

노을　　….

가을　　아, 대답하라고.

노을　　왜?

가을　　(어울리지 않게 권위적으로) 내 말 잘 들어. 내 말 중
　　　　요해. 어? 대답해.

노을　　…어.

콘돔을 하나 뜯는 가을.

가을　　학교에서 이런 거 배웠어?

노을　　성교육 시간에 하긴 했어.

가을　　이렇게 콘돔 끝에를 잡고, 공기를 뺀 상태에서 집
　　　　어넣는 거야. (보여준다.) 이렇게 늘어나게. 응?

노을　　내가 넣는 것도 아닌데….

가을　　평소에는 가방 안주머니 같은 데 넣고 다니다가,
　　　　그러다, 어, 둘이 있으면, 치마나 바지 주머니나 베
　　　　개 아래나 넣어뒀다가. 남자가 섰다, 이제 넣으려
　　　　고 한다, 그때 딱. 알겠어? 삽입 중간쯤 가서 사정

할 거 같으면 그때 가서 낀다든가 이런 거 말짱 다 개소리야. 알겠어?

노을 …언니 지금 나보고 가서 명이랑 그거 하란 얘기야?

가을 그런 게 아니야!

노을 그럼 왜 이거 가르쳐줘?

가을 내 말, 마저 들어. 콘돔은 남자든 여자든 상관없이 꼭 가지고 있어야 해. 여자가 가지고 다니면 쉬워 보이고, 그런 거 절대 아니야. 그런 쓸데없는 거 신경 쓴다고 콘돔 없이 했다 임신하면 니 손해야.

사이.

노을 언니, 이건 오버야.

가을 …너 걱정돼서 그래. 진짜야.

노을 알아.

가을 콘돔은 어떻게 하라고?

노을 …공기를 빼서 집어넣는다. 그, 행위 중간에 끼운다거나… 하지 않는다.

가을 그래, 알겠지?

노을 (사이) 그럼 언니는 왜.

가을, 괴로워한다.

가을　　　…질외사정 했어.

노을　　　뭐라고?

가을　　　질 밖에, 배에다 사정했다고.

가을, 머리를 쥐어뜯는다.

노을　　　왜?

가을　　　괜찮을 줄 알았지.

머리를 더 심하게 쥐어뜯고, 베개를 주먹으로 퍽퍽 친다.

가을　　　(갑자기 정신을 차리고) 질외사정은 피임법이 아니
　　　　　　야. 남자가 사정하기 전에 쿠퍼액이란 게 나오는
　　　　　　데, 그 안에도 정자가 들어 있어.

노을　　　그걸로 임신된 거야?

가을　　　응.

노을　　　그럼 어쩌지?

가을　　　머리 아파.

노을	미쳤어.
가을	그러니까 잘 확인해야 해. 낄 때 손톱으로 긁거나 하면 찢어질 수 있어. 유통기한도 확인해야 해.
노을	그렇게 아는 거 많은 사람이⋯.
가을	(다시 머리를 뜯는다.) 닥쳐.
노을	오빠가 뭐래. 낳재?
가을	어.
노을	어쩌려고.
가을	어떻게 낳냐. 우리 둘 다 학생이잖아.
노을	막, 후회돼? 그런 거?
가을	(사이) 그런 건 아니야. 무지 좋아해. 사랑해, 서로.

사이.

| 노을 | 그래도 다행이다. |

사이.

노을	사랑하는 사람 애기 가져⋯.
가을	(말 자르며) 애기라고 말하지 마.
노을	응?

가을 아직 4주밖에 안 됐다고. 심장도 아직 안 뛴대. 애기라고 말하면… 미안해지잖아.

노을 미안해.

가을이 대성통곡한다.

노을 언니, 괜찮아. 실수야. 언니랑 오빠의 실수. 실수할 수도 있지. 이제 알았으니까 괜찮아! 앞으로 안 그러면 돼! 애기, 아, 수정란, 나 봐 봐. 수정란한테 미안해할 일 아니야.

가을 (갑자기 고개를 번쩍 들고) 나 괜찮아.

노을 엄마한테 말하는 게 좋지 않을까?

가을, 안 된다고 도리질을 하는데 우느라 말도 안 나온다.

노을 그럼?

가을, 서럽게 운다. 베개에 머리를 박고 베개를 던지며 마구 짜증을 낸다.

노을 진정해.

노을이 가을의 손을 꼭 잡는다.

노을   언니, 나 봐.

가을과 노을, 서로 마주 본다. 가을은 엉망진창이다.

노을   낳는다고 해도, 안 낳는다고 해도 나는 언니 편이
야.

가을   다 컸어, 내 동생. 너는 꼭 피임 잘 해야 돼. 아냐,
그냥 섹스를 하지 마. 안 했으면 좋겠어.

노을   괜찮아. 나 걱정하지 마.

사이.

두 사람, 두 손을 마주 잡는다.

노을, 가을의 눈물을 닦아준다.

가을   근데 집에 오징어 없어?

노을   또?

가을   (울먹이며) 오징어가 너무 먹고 싶어.

노을   울지 마!

4장 명의 집

천수가 거실에서 약봉지를 뜯고 있다.

알약을 손에 붓는데, 얼핏 봐도 열 알은 되는 듯하다.

명, 화장실에서 혼자 면도를 하고 있다. 어설프다.

천수, 열린 화장실 문 사이로 명을 본다. 손자를 향한 깊은 애정이 느껴진다.

명, 거울로 할아버지를 발견하고는

명   왜요?

천수   아니다.

명은 계속 면도하고, 천수는 계속 바라본다.

명   나 너무 못 하죠.

명, 여전히 서툴다.

천수가 화장실로 들어온다.

천수   (물 묻힌 손에 비누를 바른 뒤) 비누를 손에 이렇게
       발라서…. 이렇게 입 주변에… 발라가지고… 응?
       그리고 이렇게 아래부터 올리면서 하면… 알겠
       지? 다시 해봐.

천수, 명에게 면도기를 다시 건넨다.

명   원래… 저 수염도… 가늘고… 그래서… 면도 그
       냥 안 했거든요. 원래는 잘 안 나던 게… 내가 우
       리 반에서 제일 늦게 나는 거 같아…. 그런데… 임
       노을이 나 턱 거뭇거뭇하다고… 요새는… 말할 때
       내 수염 보면서… 말하고요.

피식 웃는 명.

천수   걔네 엄마는 뭐 하시냐?
명   몰라요.
천수   아버지는?
명   같이 안 사는 거 같던데.
천수   돌아가셨대?
명   몰라요.

천수   개한테 할아버지가 맛있는 거 사준다고 했다 그래
        라.

명   (의외라는 듯) 왜요?

천수   친하고 하니까, 너하고.

사이.

명   병원에서 뭐래요?

천수   약 먹으라지.

명   어떻대요?

천수   괜찮대.

명   다른 말 없어요?

명, 면도기를 내려놓고 할아버지를 본다.

명   확실히 다 없어진 거 맞대요? 암.

천수   그래.

천수의 얼굴이 섬세하게 어둡다.

명은 모른 척한다.

명   내가 같이 갈걸.

천수   학교 가야지.

명   다음엔 같이 가요.

천수   그르자.

사이, 다시 면도하는 명.

천수   여자 친구냐? 노을이라는 애가.

명, 실수로 면도날에 얼굴을 긁힌다.

명   아….

천수   조심 좀 하지. (사이) 여자 친구면….

명   아니에요, 여자 친구.

천수   요새는 애들이 예전 같지 않아서… 좋아하면 좋아
        한다고 말도 잘 하고, 만나고도 금방 헤어지고 그
        러는 거 같던데.

명   에이, 왜 그래요.

얼굴이 확 달아오르는 명.

천수   나도 니 나이 때 맨날 여자 쫓아다녔어.

명   공부 잘하셨다면서요.

천수   집에 와서 했지, 쫓아다니고 와서.

명이 웃는다.

천수   그게… 니가 또 엄마랑 아빠가 없어노니까… 이럴 때 나 말고 엄마 아빠가 있음 나보다 더 말을 또 그렇게 좀 그럴 수도 있겠지만. 그게 또 잘 안 될 수도 있는 거야. 니가 자꾸 그 아이 얘기를 많이 하고 하니까. 유독 자꾸 생각나고. 기분이 좋고 집중도 안 되고 외모에도 부쩍 신경 쓰고. 또 뭐, 보고 싶고. 그러면 그게….

명, 천수를 본다.

천수   사랑하는 게 아니겠냐?

사이.

천수, 화장실 수납장에서 포장을 뜯지 않은 새 면도기를 꺼낸다. 방금 전에 둘이 사용한 것보다 좋은 제품이다.

천수   이 면도기가 좋은 거라더라. 젊은 애들 많이 쓴다
고. 이거 해. 니 거야.

천수, 면도기를 세면대 위에 두고 나간다.
명, 할아버지가 나가자 면도기를 뜯어 가만히 얼굴에 대본다.

뒤쪽 영상에 노을의 얼굴이 뜬다.
아까 놀이터 그네에서 명을 가만히 보던 눈빛이다.

노을   (영상 속에서) "명아."

명, 발기한다. 바지 안에 손을 넣는다.

노을이 누워 있는 이불에 조명이 얇게 들어온다.
뒤척이는 노을.
가을은 잠들어 있다.
이리 누웠다가 저리 누웠다가 하는데, 뒤쪽 영상에 명이 나타난다.

명   (영상 속에서) "임노을!"

노을, 이불을 머리끝까지 뒤집어썼다가 다시 내린다.

노을, 손을 이불 안으로 넣는다.

노을과 명, 동시에 자위한다.

조명, 어두워진다.

커피포트에서 물 끓는 소리와 옅은 차 향기가 극장 안을 채운다.

5장 상담실

선아가 찻잔에 물을 따른다.

선아   더 줄까요?

노을   아니에요.

사이.

선아   노을이지? 2반?

노을   예.

선아   이 메밀차가, 어머니가 시골에서 보내주신 거예요. 학생들 오면 주라고. 너한테 처음 주게 되네. 저도 올해 학교 부임 처음이에요. 어, 언니라고 생각하고 편하게 얘기해요. 긴장할 거 하나도 없어요.

선아, 아주 긴장했다.

노을   선생님 긴장하신 거 같은데.

선아   아닌데? 나 지금 엄청 편안해요.

사이. 노을은 선아가 영 미심쩍다.

선아   자, 뭐든지 물어보세요!

선아, 뻣뻣하게 굳어 있다.

노을   좋아하는 애가 있어요.

선아   아, 그래요.

노을   서로 좋아하는 거 같아요. 아니, 걔 맘은 아직 몰라요.

선아   으응. 그렇구나. 남자애인가요?

노을   (놀라서) 예?

선아   아, 그냥. 남자일 수도, 여자일 수도 있다고 생각해서요. 불편하게 했나요?

노을   아뇨, 그런 건 아니고. (사이) 사람 따라서 다를 수도 있다고 생각하는데, 저는 남자애 좋아해요.

선아   아.

노을   걔가… (사이) 저랑 자고 싶다고 말했어요.

선아   아. 그랬군요. 뭐라고 했나요?

노을   당황해서 막 집에 가려고 하니까 걔가 사과했어
요.

선아   아아.

노을   그… 성관계는…. (사이) 모르겠어요. 더러운 거 같
아요. 하고 나면 더러워질 거 같아요, 내가.

사이.

선아   섹스는 더러운 거 아니에요. 그리고 섹스가 성관
계만 의미하는 건 아니에요. 상대랑 몸으로 나누
는 모든 것… 눈 맞추고, 안고, 손잡고, 쓰다듬고,
키스하고, 애무하고 이런 걸 전부 다 포함하는 거
예요. ●

사이.
노을, 고개를 끄덕인다.

선아   노을이가, 어, 그 친구랑 관계를 하는 것에 대해
그러니까, 어, 성관계를 갖는 거에 대해, 제가 무조

● 키라 버몬드 지음, 정용숙 옮김, 『청소년 빨간 인문학』, 내인생의책, 2014

건 나쁜 거라고, 하지 마라! 이렇게 말할 수는 없어요. 청소년에게도 자신의 삶을, 몸을 선택할 권리가 있는 거거든요. 이걸 '성적 자기결정권'이라고 말해요. 선생님이… 어, 전에 첫 관계 전에 이런 거를 생각해보면 좋겠다 해서 다른 선생님들과 함께 만들어놓은 리스트가 있거든요.

선아가 책상 서랍을 막 뒤진다.

노을　　못 찾으시면….

선아　　아녜요! 있어요! (리스트를 꺼내며) 여기 있다.

노을과 선아, 함께 읽는다.

1. 나는 이 사람을 정말 사랑하나?

2. 상대방은 / 나는 성관계를 원하나?

3. 나는 지금 호기심이나 성충동은 아닌가?

4. 나는 이 행동을 책임질 수 있을까?

5. 준비되어 있지 않은 것 같으면, 다음으로 미룰 수 있을까?

6. 둘 다 합의해서 시작했다가 중간에 끊을 수 있나?

7. 낙태, 인공임신중절수술의 후유증이나 위험에 대해 아나?

8. 질외사정이 피임 방법이 아니라는 걸 아나?

9. 콘돔이나 다른 피임 방법을 같이 선택하고 살 수 있나?

10. 섹스하고 나서 다른 사람들에게 함부로 말하지 않을 수 있나? ●

노을   그런데요, 선생님.

선아   응?

노을   저 열 가지 생각을 다 하고 나면요, 해도 되는 거예요? 그 행위를?

선아   …그렇다기보다는.

노을   예?

선아   지금 노을이한테 가장 중요한 게 뭔지 생각을 해야 돼요.

노을   그게 뭔데요?

선아   아무래도 입시가 제일 중요하지요.

사이.

노을   그럼 저 리스트는 왜 만드신 거예요?

선아   저런 걸 평소에 생각해보면 좋으니까.

● 정연희·최규영, 『십대를 위한 사랑학 개론』, 꿈결, 2014

노을   생각은 해도 실제로 하면 안 되는 거예요?

선아   관계 이후를 책임질 수 있는 상황이 아니니까.

노을   그럼 왜 피임하라고 하세요?

선아   …아주 만약에 하는 일이 생기면 위험하니까.

노을   하면 안 되지만 만약 하게 되면 피임은 하라고요?

선아   서로를 책임질 수 있을 때 해야죠. 아주 만약에 임
       신하게 되면, 그래서 낳게 되면 그때는 아예 다른
       삶이 되니까.

노을   그러면 스무 살… 되고….

선아   그치. 대학 가서 생각해도 돼요.

노을   대학 가서 성행위하는 건 좋다는 거예요?

선아   좋다는 게 아니라….

노을   결혼할 사이에 해야 하는 거죠?

선아   그치, 그러면 좋긴 하지만.

노을   선생님은 결혼하셨어요?

선아   아뇨. 아직.

노을   그러면 선생님도 결혼하고 처음으로… 하실 거예
       요?

선아   ….

노을   이런 거 물어보면 안 되는 거죠?

선아   물어보면 안 된다기보다는 대답하기가….

노을　아까는 저한테 뭐든지 물어보라고.

선아　…그죠. 예.

사이.

노을　대학 가서 하라는 거죠? 대학 붙고 나서.

사이.

노을　선생님. 아까… 성적 자기결정권이라고 하셨잖아
　　　　요.

선아　네.

노을　성적 자기결정권이라는 건 제가 그 잠자리를 할지
　　　　안 할지 정할 수 있다는 거죠, 제 몸이니까.

선아　…그치, 원칙적으로는 그런데…. 하지만 선생님
　　　　생각에는 서로가 책임을 질 수 있을 때, 충분히 자
　　　　란 이후에 섹스를 하는 게 좋은 거 같거든요. 그
　　　　전까지는 각자가 해야 할 일이 있으니까. 노을이
　　　　도 이제 곧 고3이니까 또, 아무래도….

노을　선생님, 만약에 제가 그 친구랑 성…관계 그러고
　　　　나서 오면 혼내실 거예요?

선아 아뇨, 아뇨.

노을 그럼 뭐라고 하실 거예요?

선아 일단 노을이의 판단과 확신이 있는지 묻고, 만약 앞으로의 관계가 다시 있다면 피임에 대해서 더 얘기할 거 같아요. 피임하는 법 알고 있나요?

노을 …네.

똑똑똑, 노크 소리.

수미가 상담실 문을 연다.

노을과 수미의 눈이 마주친다.

수미가 고개를 돌린다.

수미 저 이따 올게요.

노을 나 이제 갈 거야.

수미, 노을, 선아 셋이 서로의 눈치를 본다.

수미 저 그냥 다음에 올게요.

노을 저도요.

노을, 상담실을 나가려고 한다.

선아   어, 선생님이 너무 도움이 안 되었나요?

노을   아니에요.

선아   다음에 또 올래요?

노을   (건조하게) …봐서요.

선아, 혼자 남는다. 좋은 선생님이 되지 못한 것 같아 자책한다.

6장 상담실 앞 복도

수미가 저만치 걸어가는데 노을이 부른다.

노을　　　유수미!

수미, 뒤돌아본다.

노을　　　점심 먹었어?

고개를 젓는 수미.
노을이 복도 의자에 앉아 손짓으로 수미를 부른다.
수미, 조금 망설이다 노을 옆에 가서 앉는다.
두 사람, 말이 없다.

노을　　　…오랜만이네.

사이.

수미　　　상담 샘이랑 뭔 얘기 했어?

노을   그냥, 이것저것.

사이.

노을   잘 지냈어?

수미   응.

사이.

수미   너 김명이랑 사귀어?

노을   아니? 누가 그래?

수미   그냥.

노을   안 사귀어. 그런 거 아니야.

수미   왜 얼굴 빨개져?

노을   그런 거 아닌데, 니가 갑자기….

수미   왜, 물어보면 안 돼?

사이.

노을   왜, 사귀면 안 돼?

수미, 노을을 확 째려본다.

수미는 서운하고 노을은 울컥한다.

수미　　섭섭할 거 같아.

수미의 솔직한 마음을 노을도 이해한다.

노을　　그런데 나도 너한테 섭섭해.

수미　　뭐가.

노을　　니가 나 쌩까니까.

수미　　내가 언제.

노을　　그랬잖아. 내가 인사하면 그냥 말없이 지나가고.

수미　　니가 김명이랑만 노니까.

노을　　니가 우리랑 안 논 거야.

수미　　그거야 김명이 고백하고 어색하니까 그렇지. 당연
　　　　히 그런 상황이면 넌 김명 말고 나랑 놀아야지.

노을　　초딩이냐?

수미　　나 원래 유치해.

사이.

노을 너한테는 오빠밖에 없었잖아. 맨날 정국 오빠, 정
국 오빠, 정국 오빠.

수미, 울컥한다. 눈에 눈물이 그렁그렁 맺힌다.

노을 …야.

수미, 눈물이 더 그렁그렁하다.

노을 우냐?

수미, 얼굴을 가린다.

노을 야, 왜 울어.

노을의 눈에도 눈물이 차오른다.

수미 넌 왜 우는데?
노을 몰라. 너 나 때문에 우는 거야?
수미 몰라.

아이들이 운다.

수미 나 자꾸 냉이 나와.

노을 응?

수미 콧물 같은 게, 나와. 생리인 줄 알았는데 아니고 계속 나와.

노을 그게 뭔데?

수미 인터넷에 찾아보니까 염증 있는 거래.

노을 아파?

수미 아니, 근데 가려워.

노을 그래? 가려워?

둘이 또 막 운다.

수미 응. 냉 계속 나오고 가려워.

노을이랑 수미, 누가 먼저랄 것도 없이 막 운다. 몸이 감당이 안 되어서 막 섰다 앉았다, 창틀을 잡았다가 쪼그리고 앉았다 한다. 울지 않으려고 애를 쓰는데 잘 안 된다.

그때, 경진이 지나간다.

경진   야, 니네 왜 이래? 뭔 일 있냐?

수미   너 꺼져.

경진   …씨.

경진, 그냥 간다.

수미와 노을, 안는다.

수미   미안해.

노을   나도.

둘의 울음이 조금 잦아든다. 주머니에서 휴지를 꺼내서 눈물을 닦고, 코를 풀고, 셀카 모드로 얼굴을 확인하고, 머리를 정리한다. 번진 아이라인도 닦고, 부산하다.

수미   나 요새 너무너무 힘들어.

노을   으응.

수미   학교에 소문 다 났어.

수미, 또 울음이 터지려는 걸 간신히 참는다.

수미　　애들이 나랑 오빠랑 잤다 그러지?

노을이 대답하지 못하자 수미, 다시 눈물을 흘린다.

수미　　또 뭐라 그래?

노을　　그 말밖에 안 해.

수미　　임신했다고 안 그래?

노을　　아냐.

수미　　그러지? 애들이 그러지?

노을　　아닌 거 알아.

수미　　어떻게 알아?

노을　　그런 일이 있으면 니가 나한테 말했겠지.

수미　　나 임신 안 했어.

노을　　그런 말 하고 다니는 애들이 나쁜 거야.

수미　　나 정말 안 했어, 임신! 맹세해.

노을　　알아, 믿어.

수미　　그런데 애들이 안 믿잖아.

다른 복도에 조명이 비춘다.

경진, 걸어가다가 명과 마주친다. 어색하다.

경진   어?

명   어. 어디 가냐?

경진   어. 뭐. 저기 상담실 앞에서 임노을이랑 유수미랑
            얘기하더라.

명   둘이?

경진   어. 근데 울던데.

명   운다고? 누가?

경진   둘 다.

명이 상담실 쪽으로 가려 한다.

경진   야, 냅둬.

명   왜.

경진   …그냥 둘이 있어야 될 거 같더라고, 분위기가.

다시, 수미와 노을.

수미   점심 먹으러 가기 무서워. 다 나만 보는 거 같아.

노을   엄마한테 말씀드렸어?

수미   알면 날 죽일걸. 남자 친구 있는 거 알고 엄청나게
            화냈어. 재가 저러니까 공부 못하는 거라고 엄마

아빠 대판 싸웠어.

노을　　그래서?

수미　　헤어졌다 그랬지.

다시, 명과 경진.

명　　너 수미 사진 있지?

경진　　…무슨 사진?

명　　애들이 카톡으로 돌린 거 있잖아.

경진　　모르는데?

명　　지워, 그거.

경진　　왜 그래야 되는데?

다시, 수미와 노을.

수미　　인터넷에서 찾아봤는데 나 질염이래.

노을　　그게 뭐야?

수미　　여자들 걸리는 감기 같은 거.

무대 뒤로 질염에 관해 설명하는 영상이 나온다.

노을   산부인과를 가봐.

수미   사람들이 이상하게 보면 어떻게 해.

노을   같이 갈래?

수미   무서워.

노을   하린이가 그러는데, 중고등학생들 산부인과 검사
        무료로 해주는 데 있대.

수미   이상한 데 아니야? 막 노는 애들만 가는 데. 왜 무
        료로 해줘?

노을   그런 거 아닌데…. 나 중학교 친구도 갔어. 생리
        막 한 달에 세 번씩 하고 그래서. 걔 노는 애 아니
        야.

수미   선생님들이 거기 간 거 알면?

노을   산부인과 진료 받는 게 이상한 거야?

수미   이상하게 볼 거야.

사이.

노을   이상하게 보는 게 이상한 거야.

수미   다들 나더러 걸레래.

다시 명과 경진.

경진   야, 김명. 유수미 사진 말고도 애들 사진 존나 많아.

명   다 지워.

경진   왜?

명   너는 안 쪽팔리냐?

경진   병신 새끼. 야, 너 니가 까여서 못 먹으니까 유수미 사진 도는 게 억울하냐?

명   씨발, 너 왜 이렇게 변했냐?

경진   씹새끼가 지만 혼자 존나 고결하지.

경진, 비웃으며 간다.

다시 노을과 수미.

노을   내가 같이 있을게. 애들이 뭐라고 하면 내가 니 편들게.

두 사람, 서로를 본다.

7장 각자의 공간

휴대폰으로 노을이 얘기한 청소녀건강센터를 검색하는 수미.

지쳐 누워 있는 가을과 가을의 등을 만져주는 노을.

혼자 농구를 하다가 짜증스레 공을 던져버리는 경진.

화장실에서 혼자 면도를 하는 명.

상담실에서 혼자 차를 마시는 선아.

알약을 입에 털어 넣는 천수.

모두, 앞을 본다.

혼자 있는 느낌.

각자 머릿속의 고민들.

8장 하굣길 놀이터

노을 너 턱은 또 왜 그래?

명 아 이거, 나 아침에 면도하다 베었어.

노을 또?

명 응. 나 맨날 이래.

사이.

노을 민경진이랑은 풀었어?

명 아니.

노을 왜.

명 그냥.

노을 왜.

명 아, 몰라. 근데 걔 진짜 양아치 됐어. 중학교 땐 안 그랬는데.

노을 중학교 땐 어땠는데?

명 원래 그냥 웃긴 애였어. 근데 이상한 형들이랑 놀고 그러면서….

노을 걔, 그 수미 전 남친 그 오빠랑도 석식 시간에 같이 돌아다니고 그러더라. 침 찍찍 뱉으면서.

명   철 언제 드냐, 그 새낀.

노을, 풉 웃는다.

노을   그러는 너는.

명   (피식 웃으며) 나도 뭐.

사이.

명   민경진, 나쁜 놈은 아냐.

노을   ….

명   나 아빠 돌아가셨을 때 사흘 내내 와서 일했어. 울
     기도 나보다 더 울었어, 병신이.

노을   언제야?

명   중2 때.

사이.

노을   나 수미랑 풀었어.

명   싸웠어?

노을	그런 건 아닌데, 그냥 말을 안 했어. 계속.
명	여자애들 마음 잘 모르겠어. 복잡한 거 같아.
노을	그냥… 사람 마음이 다 어려운 거 같아.

사이.

노을	배 아프다.
명	왜?
노을	배 아파. 생리 중이야.

명, 놀라서 아무 말도 못 한다.

노을도 좀 민망하다.

사이.

명	똥 마려운 거랑 같애?
노을	아니. 아랫배가 딱딱해지긴 하는데, 허리가 뻐근하고 다리 저려. 기분도 좀 계속 안 좋고.
명	생리하는 동안?
노을	생리 며칠 전부터.
명	어, 언제까지 해?
노을	(손가락으로 세어보고) 다음 주 화요일.

명	그렇게 오래?
노을	보통 일주일은 해.
명	계속 생리대 차?
노을	응.
명	중간에 화장실 가서 하면 안 돼?
노을	그게 뭐야! 따뜻한 피가 계속 나오는 거야.
명	몰랐어.
노을	바보야.

사이.

명	그 누나는….
노을	응?
명	그 누나, 그, 아기 가졌다는 누나는 어떻게 한대?
노을	아. 남자 친구랑 돈 모아서 병원 예약했대.

사이.

| 노을 | 언니가 후회는 안 하는데… 자기가 잘못한 거 같은 기분이 자꾸 드나 봐. |

사이.

노을, 명을 본다. 고개를 돌린다.

명, 노을을 본다. 고개를 돌린다.

노을	누구 좋아하고 하는 거, 내가 잘할 수 있는 건지 모르겠어.

노을 누구 좋아하고 하는 거, 내가 잘할 수 있는 건지 모르겠어.

명 왜?

노을 엄마 아빠가 이혼하셨어. 나 애기 때.

명 ….

노을 서로 좋아해서 만나고, 그래서 결혼도 하고 애기 낳고 그러는데 그런 약속이 힘이 없나 봐.

사이.

명 아까 상담실 왜 갔어?

노을 그냥 뭐 이거저거.

명 …얘기 잘했어?

노을 그냥. (사이) 선생님도 잘 모르는 거 같더라.

사이.

명	우리 할아버지 아프다.
노을	너희 할아버지?
명	응. 아빠도 암으로 돌아가셨는데 할아버지도 암이래.
노을	그럼 이제 넌 누구랑 살아?
명	우리 할아버지 안 돌아가시는데?
노을	아, 미안.
명	아냐.

노을, 명을 가만히 본다.

명	괜찮아. 누구나 다 죽어.

사이.

노을	괜찮아?
명	(씩씩하게) 그럼.
노을	너 되게 어른 같다.
명	아깐 애 같다며.
노을	그냥, 그런 거 같아서.
명	나 멋있어?

노을   (웃으며) 뭐야—

사이.

명   할아버지도 아빠도 나도 계속 영원히 살 수 있는
건 아니잖아.

사이.

명   난 오늘 너랑 있는 게 좋아. 지금.

사이.

노을   나도.

명과 노을, 천천히 그네를 탄다.
명, 노을을 향해 손을 뻗는다.
노을, 그 손을 잡는다.

사이.

명	할아버지가 너 한번 놀러 오래. 맛있는 거 사주신
	다고.
노을	진짜?
명	응.

천천히 암전.

막.

작 가 노 트

어른들도 잘 모른다. 그렇다고 청소년이 좀 더 잘 아느냐
하면 그렇지도 않다. 옷을 다 벗고 누군가와 함께 누워 있는
건 서로의 거리를 좁히는 일이다. 정자와 난자가 생물학적으
로 만나 생명의 신비를 경험하는 것, 그 이전에.

나의 빈 몸을 내려다본다.
깨끗하거나 더럽거나
야하거나 순결한 것이 아니다.

햄스터 살인사건

허선혜

등장인물	여학생
	남학생
	집주인
	배관공
	경찰1
	경찰2

무대	허름한 모텔방.
	왼쪽 벽에 미닫이 창문이 있고 커튼이 걸려 있다.
	뒤편에는 작은 냉장고 한 대와 출입문이 있고,
	오른쪽 벽에는 화장실 문이 있다.

여학생과 남학생이 문을 열고 들어온다. 교복 차림에 가방을 메고 있다.

남학생, 손에 햄스터 우리를 들고 있다.

여학생, 긴장해서 주변을 둘러본다.

남학생   어때? 우리의 마지막 장소야.

여학생   (실망한 듯) 쪼끔은… 더 좋기를 바랐는데.

남학생   너무 좋은 방에 가면 다시 살고 싶어지니까.

여학생   그래. 그렇겠지. 근데 그 햄스터들은 뭐하러 가져 왔어?

남학생   (햄스터 우리 안을 조심스럽게 살피며) 보면 안 될 장면을 보고 말았어.

여학생   무슨 장면?

남학생   보면 안 될 장면.

여학생   그게 무슨 장면인데?

남학생   아주 끔찍한 장면.

남학생, 햄스터 우리를 조심스럽게 바닥에 내려놓는다.

남학생   자, 이제 어떻게 죽지?

여학생   난 딴 거 다 필요 없고 그냥 고통 없이 한 방에 갔으면 좋겠어.

남학생 (창문을 열어보며) 뛰어내릴까?

여학생 그렇게 처참한 몰골로 생을 마감하긴 싫은데.

남학생, 고민하다 커튼을 만지작거리고 커튼 봉을 흔들어본다. 꽤 튼튼하다.

남학생 이게 좋겠다. 2분만 버티면 돼. 2분만. 이렇게 죽으면 죽기 직전에 마약 한 것처럼 황홀해진다잖아.

남학생, 커튼을 커튼 봉에서 빼내서 이로 뜯어 자른다.

여학생 그래. 유명한 연예인들은 다 이렇게 죽었더라. 다른 방법들보다 훨씬 고상하고 성스러울 거야.

남학생, 뜯은 커튼 조각을 둥글게 말고 매듭을 짓는다.

사이, 노크 소리가 들린다.

남학생 (긴장하며) 누구지?

여학생 혹시 경찰 아냐?

남학생　너 누구한테 말했어?

여학생　오늘 아침에 좀 의미심장한 말을 하긴 했는데….

남학생　뭐라고 했는데?

여학생　햇빛이 너무 따사롭다고. 하느님이 하늘로 올라오라고 내민 손 같다고. 엄마한테 문자 보냈는데….

다시 노크 소리가 들린다.

남학생　아 어떡하지. 일단 대답해볼까?

여학생　응. 해봐.

남학생　…누구세요?

배관공　(소리만) 아, 화장실 변기에서 물 샌다고 해서 수리 나왔습니다!

남학생, 조심스럽게 문을 연다.

배관공　(넉살 좋게 웃으며) 아, 이거 실례합니다. 당장 수리를 해야 된대서. (남학생과 여학생의 얼굴을 본다.) 뭐야, 이거. 나 참. 조무래기들한테 머리를 조아렸다니.

배관공, 제집처럼 마구잡이로 연장들을 풀어놓고 모자를 던진다. 연장 하나를 손에 들고 화장실 안으로 들어간다.

남학생, 커튼 쪼가리를 등 뒤에 숨긴다.

수리하는 소리.

남학생   얼마나 걸리나요?

배관공   (성의 없이) 좀 걸린다.

남학생   아, 네. 근데 구체적으로 언제 끝나는지 알 수 있을까요?

배관공   좀 걸려, 좀!

남학생과 여학생, 당황스러운 눈빛을 주고받는다.

남학생   한… 20분 정도 걸리나요?

배관공   (문에서 고개만 내놓고) 아 나…. 어련히 알아서 잘 끝내고 가실까. 참아, 좀! (다시 수리하며) 요즘 애들은 이렇게 성질머리가 급해요.

남학생   저, 그게 아니고… 저희가 돈 내고 와 있는 손님인데 그만큼 시간을 뺏기는 거니까요. 사실은… 항의할 거 참고 정중히 여쭙는 건데.

배관공 (화장실에서 나와) 아니, 근데 이 자식이. 참아? 어?
　　　　니가 안 참으면 어쩔 거냐, 응? 펠 거여? 어른을
　　　　펠 거여? 응?

남학생 아니요. 팬다고 말 안 했는데….

배관공 그게 그 말이지. 이눔의 자식이.

남학생 기분 나쁘셨다면 죄송해요.

배관공 그래! 기분 더럽다. 내가 변기나 고치러 다녀서 만
　　　　만하냐? 시벌, 맨날 똥 냄새 맡는 것도 서러운데
　　　　이젠 어린놈의 새끼한테 협박이나 듣고, 참 내.

남학생 협박은 한 적이 없는데….

배관공 그게 그거지, 뭐야!

남학생 죄송합니다.

배관공, 구시렁거리면서 다시 변기를 고치기 시작한다.

여학생 우리 둘만의 공간이었는데.

남학생 조금만 참자. 금방 끝나겠지.

배관공, 화장실에서 나온다.

배관공 다 했다. 이제 니네 똥 100자루 싸도 되고 오줌

500리터 싸도 된다.

남학생   네. 근데 저희 언제 만난 적 있던가요?

배관공   (훑어보고는) 아니. 처음 보는 거 같은데?

남학생   네. 저도 처음 보는 거 같아요. 근데 초면에 반말을 하시길래요.

배관공   그럼 너보다 나이 많은 내가 반말을 하지, 너가 나한테 반말을 하니? 거 진짜 이상한 놈이네.

배관공, 방바닥에 털썩 주저앉고 지갑에서 5000원을 꺼낸다.

배관공   야, 아저씨 좀만 쉬었다 가자. 어깨, 무릎, 팔, 다리 안 쑤시는 데가 없어. (5000원을 여학생에게 주며) 요 아래 가서 던힐 한 갑만 사 와라.

여학생   네?

배관공   (약간 짜증 나서) 던힐 한 갑 사오라고.

여학생   (주저하다) 저, 교복 입고 있어서 담배 못 사요.

배관공   (짜증이 난다.) 뭐? 아, 그러게 왜 밖에 나와서까지 옷을 안 갈아입고 있어? (장난조로) 일부러 담배 사다 주기 싫어서 교복 입고 온 거지!

여학생   아저씨.

배관공   왜?

여학생 저 아까부터 많이 참았는데. 정말 뚝배기 한번 깨져보실래요?

배관공 (당황한 듯) 뭐라고?

남학생 야, 왜 그래. 니가 참아.

여학생 저희가 할 일이 있거든요? 지랄 작작하시고 좀 나가세요.

배관공 거참… 나도, 뭔 일 허는지 다 알어. 뭐가 그렇게 급하다고… 요즘 것들은 여유가 없어.

여학생 (휴대폰으로 전화해서) 네, 아줌마. 여기 204혼데요. 수리하러 온 아저씨가 죽치고 앉아 있어요. 안 가요.

배관공, 화들짝 놀라서 일어난다.

배관공 (흥분해서 말문이 막힌 듯) …야, 정말 이젠 위아래가 없어졌구나! 늙는 것도 서러운데 이런 천대를 받다니! 살아 뭐하냐. 살아 뭐해.

집주인, 문을 열고 들어온다.

집주인 아니, 고쳤으면 가지, 왜 이러고 계신대?

배관공	갈라던 참이었는데 물 한 잔만 달라고 하니까 뭐, 뭐? 뚝배기를 깨네, 어쩌네 하면서 댁한테 전화를 한 거예요. 늙어가는 것도 서러운데. 아휴. 죽어야 죠, 뭐 이제.
집주인	어머, 세상에. 장사가 하도 안돼가지고 저것들도 돈이라고 받았는데 들여보내줬으면 이런 작은 공 사 하나쯤은 참고, 아저씨 고생하셨으니까 물도 드리고! 그건 센스 아니니?
여학생	네? 아줌마!
남학생	(여학생을 말리며) 네, 죄송합니다.
배관공	암, 그래야지.
집주인	감사하다고 해야지!
남학생	…감사합니다.

여학생, 억울하다는 표정으로 서 있기만 한다.

집주인	(여학생을 보며) 넌 표정이 왜 그러니?
여학생	이러실 거면 저희 방 주시지 말지 그러셨어요. 꼭 여기 안 왔어도 됐는데.
집주인	뭐? 뭐라구?
여학생	장사 안돼서 들여보내줬다면서요. 이제 제발 나가

주시면 안 돼요? 저희 분명 방값 내고 이 시간, 이 방 산 거 같은데.

배관공   말 참 잘한다. 어린놈이 으른들한테 이렇게 말하기 쉽지 않은데 참…. (눈을 부라리며) 똑 부러져.

집주인   어이구, 위아래 없이 생각나는 대로 싸갈기는 거 보니까 어떻게 컸는지 안 봐도 비디오네.

여학생, 천천히 걸어가 창문을 연다. 창틀에 걸터앉는다.

집주인   거, 거기 앉아서 뭐 하니? 위험해! 빨리 내려와!

여학생   그냥, 잠깐 구경 좀 하고 올게요.

여학생, 앉은 채로 창밖으로 떨어진다.

남학생, 무대 떠나가라 소리를 지른다.

집주인, 배관공도 남학생 때문에 덩달아 소리를 지른다.

집주인, 천천히 창문 쪽으로 다가간다. 창밖을 보려다 차마 보지 못하고 고개를 돌린다.

집주인   설마 주, 죽은 거냐? 응?

남학생   (우리를 양손으로 잡고) 아뇨. 아직요. 아직 안 죽었어요. 근데 이제 죽을 거예요.

배관공   (떨리는 목소리로) 왜? 떨어지면 즉사지, 이놈아.

남학생   아니에요. 그래도 하루는 살아요.

집주인   그게 무슨 소리야…?

남학생   사료는 떨어졌어도, 하루는 산다고요. 얘네 먹일 사료를 안 가져온 걸 방금 깨달은 거예요. 맙소사.

집주인   그게 문제가 아니고, 니 친구가 지금 창밖으로 떨어졌잖아! (창문 쪽으로 머리를 들이밀고 눈을 떠본다.) 잉? 뭐야? (창 아래를 두리번거린다.) 아무도 없잖아! 아무도 없어요!

배관공, 창문 쪽으로 가 창밖을 내다본다.

배관공   얼루 갔냐? 이게 뭔 일이래?

남학생, 햄스터 우리만 슬픈 표정으로 바라보고 있다.

배관공   야, 이놈아. 니 친구가 창밖으로 떨어졌잖아!

남학생   누가요? 제 친구들 여기 잘 있어요.

배관공   아니, 여자애 말이여. 무섭게 말하던 그!

남학생   누구요? 처음부터 전 혼자였는데. 아, 이 햄스터들이랑.

배관공   (눈을 크게 뜨고 집주인을 바라보며) 우리 뭐에 홀렸
          는가 벼!

집주인, 손으로 입을 가린 채 부르르 떤다.

남학생   (얼굴을 찡그리며 엉덩이를 붙잡고) 아, 아저씨 변기
          다 고쳤다고 했죠? 똥 좀 싸고 올 테니 우리 햄스
          터들 좀 봐줘요!

남학생, 화장실 안으로 들어간다.

잠시 후 똑똑 노크 소리가 들린다.
배관공과 집주인, 안절부절못하며 서로에게 넘긴다.

똑똑.

실랑이 끝에 배관공이 문 앞으로 간다.

배관공   네. 누구십니까?
경찰1   (얇고 떨리는 목소리로) 겨, 경찰인데요.

배관공, 문을 열자 의경 옷을 입은 젊은 청년이 들어온다.

집주인   여, 여긴 무슨 일이에요?

경찰1   아니 저, 맞은편 사거리에서 교통정리를 하고 있었는데요. 이 건물에서 뭐가 밑으로 툭 떨어지는 걸 봤거든요? 그래서 제가 놀라서 막 뛰어와 봤는데 아무것도 없더라고요. 모른 체하고 가려다가 마음에 걸려서 한번 올라와봤어요. 여기서 사람 떨어진 거 맞아요?

배관공   네.

집주인   (동시에) 아니요.

배관공과 집주인, 서로를 원망하는 눈빛으로 바라본다.

배관공   아니요!

집주인   (동시에) 네!

배관공   나 참! 입을 그래 못 맞춥니까?

집주인   입을 맞추다니? (부끄러워하며) 어머, 남사스럽게.

배관공   (민망해서 괜히 두리번거리며) 아, 거 입 맞춘 걸 입 맞췄다 그러지, 눈 맞췄다 그러나.

경찰1　　그래서 사람 떨어진 거 맞아요?

배관공　　거 내 생각에는 아무래도 우리가 뭐에 홀린 것 같아.

경찰1　　뭐에 홀려요?

배관공　　(난감해하며) 뭐? 뭐라니? 뭐냐고 물어보면 뭐라고 대답해야 하지?

집주인　　뭐에 맞는 대답이겠죠.

배관공　　그래요. 뭐에 맞는 대답이 뭐가 있지?

집주인　　글쎄요. 물어본 사람이 알지 않을까요?

경찰1　　그게 혹시 귀신인가요?

집주인　　귀신?

배관공　　떨어진 것만 있고 남은 것은 없잖아요. 떨어져서 죽은 거면 시체가 있어야지. 시체가 없는데 떨어진 거라고 할 수 있나? 처음부터 없었던 거지 뭐.

집주인　　날이 더워서 다들 헛것을 본 모양이에요.

경찰1　　그랬나…. (햄스터 우리를 발견하고) 저 햄스터들은 뭐예요?

배관공　　아, 여기 묵으러 온 놈이 가지고 온 것들이오. 쥐새끼들이 뭐가 좋다고.

집주인　　참! 생각해보니 우리 모텔은 애완견 출입 금진데.

경찰1　　근데 애완견이 아니네요.

집주인   그럼 규정을 어긴 건 아닌가요, 경찰 선생님?

경찰1   (민망한 듯 몸을 움츠리며) 저 진짜 경찰 아니에요.

배관공   (훑어보며) 요즘 뭐, 코스프렌가 코스모슨가 유니폼 따라 입는 변태들이 있다던데… 그런 사람인가?

경찰1   그런 건 아니에요! 단지 진짜 경찰이 아닐 뿐이에요.

집주인   (냄새를 맡고) 어디서 지린내가 나는 거 같은데? 아이고, 이 햄스터들 오줌 냄새네! (헛구역질을 한다.) 방에 냄새 배면 큰일인데, 이거 밑에 있는 신문지만 빼볼까. (우리 문을 연다.)

열린 문으로 햄스터 새끼들이 나온다. 세 사람, 기겁한다. 비명과 시끄러운 음악이 뒤섞인다. 집주인은 계속 소리를 지르며 피해 다니고, 배관공은 돌아다니며 손으로 잡으려고 한다. 경찰1은 움직이지도 못하고 가만히 서서 떨고 있다. 배관공이 뒷걸음질 치다 햄스터 한 마리를 밟는 순간 음악과 비명이 멈춘다. 모두 배관공을 바라본다. 배관공, 물러나 구석으로 붙는다.

남학생, 의아한 표정으로 화장실에서 나온다.

남학생   왜들 그래요? (돌아다니는 햄스터들을 바라본다.)

집주인	햄스터들이 밖으로 나왔어.
남학생	문제없어요. 애들은 다 자기 이름 알아듣거든요. 이름을 부르면 돌아와요. 윈디! 제이슨! 포키! 스텔라! (손에 올라타는 햄스터들을 우리에 넣으며) 이것 보세요! 다 돌아오죠? 바닐라! 바닐라! 바닐라? 바닐라! 어? 어디 갔지? (죽어 있는 바닐라를 발견한다.) 바닐라! (무릎 꿇고 바닐라를 두 손으로 감싼 채 오열한다.)
경찰1	고작 햄스터 한 마리 때문에 이러는 거예요?
남학생	고작 햄스터 한 마리? 고작, 햄스터 한 마리?

남학생, 가방에서 총 한 자루를 꺼낸다.
모두 놀라 두 팔을 번쩍 든다.

| 남학생 | 나 여기 죽으려고 온 놈이에요. 무서울 거 하나도 없어요. 셋 다 죽이고 나도 죽으면 되니까요! 다 벽으로 붙어요! |

세 사람, 벽에 바짝 붙는다.

| 남학생 | 무릎 꿇어요. |

세 사람, 무릎을 꿇는다.

남학생   팔은 내려요.

배관공   (경찰에게 속삭인다.) 총 없어? 총!

경찰1   (울상으로) 저 진짜가 아니라 총 없어요…. (남학생
          에게) 그 총 어디서 났어요?

남학생   우리 아빠 거예요.

경찰1   아빠 거요? 아빠가 뭐 하시는 분인데요?

남학생   경찰!

경찰1   경찰요? 정말요?

남학생   나 못 봤어요? 요즘 인터넷에 난린데요?

경찰1   설마….

집주인   응?

경찰1   경찰청장님 아드님?

남학생   아니요. 내 이름은 최성호예요.

경찰1   경찰청장님 아드님 최성호?

남학생   앞의 말은 빼줄래요? 최성호예요.

경찰1   외국인학교 부정입학으로 걸렸다더니….

집주인   외국인이야?

경찰1   (속삭이며) 아니니까 부정입학이라고 하죠.

집주인 암만 봐도 토종인데. 욕심이 과했네.

남학생 (심기가 불편한 듯) 다 들리거든요.

경찰1 하, 난 망했다. 청장님 아드님이랑 이런 일이 있던 게 보고되면 난 빛 한 줄기 없는 차가운 영창에 가게 될 거예요.

남학생 청장 아들 아니라고요.

경찰1 맞지, 왜 아니에요.

남학생 전 이름이 있잖아요! 성이 청이고 뭐 이름이 장아들이에요?

경찰1 참신한데요?

남학생, 총을 장전한다.

침묵이 흐른다.

남학생 누가… 바닐라를 죽였어요? 아줌마? 아까 엄청 기겁했잖아요.

집주인 아냐, 나 정말 아니야! (배관공을 가리키며) 이 아저씨가 그랬어!

남학생 아저씨가요?

배관공 실수였어! 실수! 절대 일부러 그런 것 아니야! 그냥 그놈이 내 발밑에 있었을 뿐이야!

남학생   실수요?

배관공   그래! 하필이면 왜 내 발밑에 있어가지고!

남학생   맞아요. 바닐라는 고약한 발 냄새를 좋아했죠. 그래서 아빠만 오면 아빠 발밑에서 얼쩡거리다 여러 번 죽을 뻔했어요.

배관공   (당황하며) 나 발 냄새는 안 나는데?

남학생   백퍼 나요. 쩔어요.

집주인   (냄새를 맡아보고 코 막고는) 아, 아까 그 냄새가 햄스터 오줌내가 아니었네.

배관공   그래! 난다, 나! 그럼 내가 죽인 게 아니고 내 발 냄새가 죽였구만! 난 죄가 없네!

남학생   발 냄새를 죽여야겠어요. 우리 바닐라의 복수를 위해. 그럼 발을 쏴버리면 되겠죠?

배관공, 슬며시 발을 뒤로 뺀다.

배관공   그 방법밖에 없을까?

남학생   다른 방법 있어요.

배관공   그래? 뭔데?

남학생   오늘부터요.

배관공   그래!

남학생	바닐라 제사를 지내주세요. 오늘이 6월 7일이니까, 매년 6월 7일에요.
배관공	(믿기지 않는 듯) 쥐… 제사를 지내라고?
남학생	쥐라고 하지 마세요. 제 동생이었어요, 바닐라는.
배관공	그래. 니 동생. 내가 하찮은 변기맨이긴 하지만, 아무리 그래도 그 동물… 제사를 지내는 건….
남학생	(총알 수를 확인하며) 몇 발이나 쏠 수 있지….
배관공	(잽싸게 일어나) 오늘이 우리 바닐라 기일이구나!
집주인	마침 음식들이 좀 있네 냉장고에! 전 타임 손님들이 먹을 거 잔뜩 사와놓고 배불러서 다 못 먹고 간다고 했는데 이거 바닐라를 위해서 그런 거였네! 하하….

집주인, 냉장고에서 음식들을 꺼내온다.

집주인	(음식을 바닥에 차리며) 사과랑 참치 통조림, 떡…. 가만, 과일이 맨 앞이었나?
배관공	(음식의 자리를 움직이며) 떡을 맨 오른쪽, 고기를 가운데, 과일을 맨 왼쪽에 놓으면 되겠다.
집주인	(음식들을 다시 움직이며) 아니, 입체적으로 놔야죠. 과일이 아마 맨 앞이고, 떡이 맨 뒤.

남학생   우리 바닐라, 떡 같은 거 안 먹어요.

배관공   아니, 차린 것도 별로 없는데 뭐하러 그걸 맞춰요. 일렬로 보기 좋게 놓으면 되지.

집주인   그래도 차례법이라는 게 있는데, 웬만하면 맞추면 좋죠.

남학생   바닐라는 떡 안 먹는다고요.

배관공   동의합니까, 경찰 선생님?

경찰1   (어리바리하게) 네.

배관공   그럼 그렇게 합시다. (작업복 안주머니에서 구겨진 종이와 펜을 꺼내) 이름, 바닐라. 이렇게 적어서 맨 위에 놓고. 종교적인 건 어떻게 해야 되나?

집주인   차린 것도 전통식인데 그렇게 하죠 뭐.

남학생   종교 없어요.

배관공   근데 저 학생은 천주교 스타일인데.

집주인   그게 뭔 스타일이에요?

배관공   천주교 사람처럼 생겼잖아요. 말끔하고 선하게 생긴 게…. 주기도문 잘 외우게 생겼어.

남학생   종교 없다니까요.

집주인   그래요. 듣고 보니 그렇게 생긴 것 같아요. 나도 천주곤데 마침 잘됐네. 천주교식으로 하죠.

배관공   아차차! 술이 없네, 술이. 천주교도 술이 있어야 하죠?

집주인 그럼요.

남학생 우리 바닐라 술 안 마셔요.

배관공 내가 가서 사 오죠 뭐. (일어난다.)

집주인 그럼 저는 연도 준비를 하고 있을게요.

남학생 어디 가요? 나가면 후회할 텐데요.

배관공 걱정 마, 다시 돌아올 테니. 잠깐 슈퍼 좀 다녀올
게.

배관공이 문을 열자 남학생이 열린 창문으로 총을 쏜다. 크게 울리는
총소리.

배관공, 얼어붙는다.

배관공 (굳은 채로 돌아서며) 거, 내가 뭐 사려고 했지? 바
닐라 아이스크림이던가요?

집주인 네. 그런데 안 먹어도 될 거 같아요. 저녁에 먹으
면 설사해요.

배관공 그래. 제사부터 지냅시다. 나 먼저 절할게요.

배관공, 두 번 절을 하고 일어난다.

남학생, 상주처럼 옆에 있다가 배관공이 돌아서자 절을 하려고 한다.

배관공   잠깐만. 니가 햄스터 상주냐?

남학생   네. 그런데요?

배관공   아니지. 햄스터 형제자매들이 있을 텐데 니가 왜 상주냐.

남학생   햄스터들하고 맞절을 할 순 없잖아요.

배관공   그건 그런데, 너는 뭐 혈족도 아니고 어떻게 보면 생판 남인데 이거 권리 침해 아니냐?

남학생   그런가요?

배관공   그럼! 아, 거 부모님도 있을 거 아냐? 어디 계셔?

남학생   집에 있는데.

배관공   부모님도 장례식에 모셔오질 않고… 이거 다 불효야. 알아? 에휴, 늙으면 자식 장례식에 가지도 못하고.

남학생   맞아요. 데려와야 했는데.

배관공   객사가 제일 슬픈 법이지. 가만, 생각해보니 술도 없이 제사를 지내고 있었어. 술을 좀 사 와야겠어.

남학생   그, 그럼… 술 말고 사료를 사 와주세요. 얘네 배 고프면 큰일 나요, 정말.

배관공   산 놈들이야 어떻게든 살지만 죽은 이 달래는 건 잠시뿐이야. 지금이 가장 중요한 때라고. 술을 사

와야지. 다녀올게.

남학생   (꾸벅 인사하며) 다녀오세요. 안 돌아오시면 여기
있는 분들 다 쏴버리고 아저씨가 죽였다고 써놓고
저도 죽을 테니, (다시 꾸벅 인사하며) 그럼 잘 다녀
오세요.

배관공   (실성한 듯 웃으며) 그래. (어색하게 웃으며) 다녀올
게.

배관공, 문을 열고 밖으로 나간다.

경찰1   (머뭇거리다가) 저기….

남학생   (털썩 주저앉으며) 왜요?

경찰1   저….

남학생   뭐요?

경찰1   저기….

남학생   아, 왜요!

경찰1   (긴장이 폭발해 엄청 빠르고 크게) 왜 죽으려는지 알
수 있을까요!

남학생   형은 왜 살아요?

경찰1   네?

남학생   왜 살아요?

경찰1   살아 있으니까 사는데요.

남학생   그러고 싶지 않아서요. 그래서 죽으려고요.

경찰1   네? 무슨 말이에요?

남학생   형처럼 생각하기 싫어서요.

경찰1   제 생각이 잘못됐나요?

남학생   잘못됐다고 한 적 없는데요.

경찰1   네에. (사이) 저기….

남학생   또 왜요?

경찰1   (머뭇거리며) 저….

남학생   (큰 소리로) 뭐요!

경찰1   (놀라서 아까처럼) 뭐 안 좋은 일이라도 있었나요!

남학생   경찰이 그렇게 소심해서 어째요?

경찰1   괜찮아요. 진짜 경찰도 아닌데요 뭐. 의경이에요,
         저는.

남학생   의경? 의경이 혹시 시위하는 사람들 때려죽이는
         그 경찰들인가?

경찰1   (손사래를 치며) 아니에요.

남학생   그럼 뭐 하는데요?

경찰1   주로 교통정리요.

남학생   간지 1도 안 나는 경찰이네.

경찰1   음. 저… 아직 대답 안 해준 것 같은데.

남학생	뭐요?
경찰1	(눈을 끔뻑이며) 뭐였더라….
집주인	뭐 안 좋은 일 물어본 거 아니야?
경찰1	(얼굴을 찡그리며) 그렇게 민감한 질문을 아무렇지 않게 하면 어떡해요.
집주인	이래 말하나 저래 말하나 듣고 싶은 건 똑같은데 뭐.
남학생	안 좋은 일? 있었죠. 아빠가 가지를 싫어했는데 신발장에 항상 곰들을 넣어놓고 꺼내려고 하면 엄청 진저리를 쳤죠. 엄마는 가만히 있었는데 저는 못 참아서 매일 아빠한테 실수 좀 그만하시라고 말했어요. 아빠는 그런 말을 들을 때마다 애꿎은 싱크대 물에만 가지를 씻고 그랬어요. 그래서 제가 엊그제 엄마한테 부엌에 붙은 라디오 시계라도 좀 고치라고 그랬더니 집 안이 발칵 뒤집힌 거예요. 아빠가 그날 새벽에 양계장에서 달걀만 빼오지 않았어도 그런 심한 일은 안 일어났을 텐데. 그래서 저는 죄책감에 빠졌어요.
집주인	무슨 소리래?
경찰1	(흐느끼며) 정말 슬픈 얘기예요.
남학생	(덩달아 눈물을 흘리며) 그, 그런 다음에는 소파에

뿌렸던 사과 껍질이 다 타버리고.

경찰1 (고개를 저으며 흐느낀다.) 어떻게 그런 일이….

남학생 아침에는 아빠가 창문에 서린 김으로 머리를 감더라고요.

경찰1, 오열한다.

집주인 도대체 왜 이런대. 다 알아듣고 있는 거야? 창문에 서린 김으로 머리를 감어?

남학생 그래요. 그런 상상도 하기 싫은 일이 일어나는 거예요.

경찰1 그래도 아버진 좋은 분이에요. 멋진 분.

남학생 세상에서 가장 더럽고 추악한 사람이죠.

집주인 머리가 어떻게 됐나 본데.

남학생 뭐라고요?

집주인 둘 다 제정신인지 모르겠어.

남학생 이해 못 하는 아줌마가 이상한 거지, 서로 이해하는 우리가 잘못된 건가요?

집주인 (갸우뚱하며) 이해했다는 것도 이해가 안 가는데.

남학생 (사이) 저는 정말 그럴 생각이 없었는데. 아마도요. 저 혼자 죽는 것보다 누군갈 죽인 다음 자살하는 게 더 멋있겠죠? 신문에도 크게 1면에 나오고?

경찰1 (무서워하며) 왜 그래요.

남학생 누구 먼저 죽이는 게 나을까요? 일단 여기 계신 분들 먼저 가실래요?

집주인 (눈치 보며) 왜 그러니. 내가 말실수했니?

경찰1 (잽싸게) 그 배관공 아저씨. 그 아저씨가 바닐라 죽였잖아요. 학생의 소중한 바닐라를.

남학생 맞아! 그 비겁한 살인자. (부들부들 떤다.)

배관공, 토해지듯 화장실 문에서 내뱉어진다. 손에 술이 든 비닐봉지가 들려 있다.

배관공 아니, 내가 왜 여기로….

남학생 (배관공에게 총을 겨누며) 이 야비한 악당. 우리 귀여운 바닐라를 죽이고 이렇게 태연하게 행동하다니.

배관공, 비닐을 바닥에 떨어뜨리고 양손을 머리 위로 든다.

배관공 갑자기 왜 그래? 내가 너무 미안해서 제사는 정식으로 지내주려고 술까지 사 온 건데?

남학생   생각이 바뀌었어요. 제사는 됐고, 다 죽여버리고 나도 죽어버릴 거예요.

집주인   (무릎을 꿇고 성호를 그으며) 하느님 아버지. 제발 이 버림받은 영혼을 돌보소서.

남학생   버림받았다고요?

집주인   성령을 보내시어 이 정신없는 어린양에게 안식과 평화가 있게 하소서.

남학생   (격앙돼서) 정신없는 어린양이오?

배관공   아줌마는 좀 조용히 있어!

남학생이 일어나자 기괴한 바람 소리가 들린다. 희미하게 누군가의 웃음소리도 들린다.

집주인   이건 또 무슨 소리래? 성령이 오는 소린가요?

경찰1   (울먹이며) 아니요. 그런 것보다 귀신 소리 같아요.

점점 더 커지는 웃음소리.

경찰1   (귀를 틀어막고) 으아— 살려주세요.

배관공과 집주인이 소리에 귀 기울이는데 방문이 쾅 하고 열린다.

경찰1, 소리를 지른다.

문 앞에 서 있는 여학생. 머리가 헝클어져 있고 스타킹이 찢어져 있다.

배관공   (여학생의 얼굴을 들여다보며) 아까 그 여학생이네!
            (남학생을 보며) 뭐 원래부터 없었다고 거짓말을
            해, 무섭게!

집주인   어떻게 된 거야?

여학생   왜요? 애들 떨어지는 거 한두 번 봐요?

남학생   (당황하며) 다 죽여버릴 거라니까요!

여학생   (남학생을 이상하다는 듯 훑어보며) 뭐 하는 거야?

경찰1   (울상으로) 자기 죽기 전에 우리 먼저 죽이겠대요.

여학생   웬 오버야.

남학생   거, 멋있어 보이지 않니?

남학생, 머쓱하게 총을 내려놓는다.

집주인   (여학생 몸에서 나는 냄새를 맡으며) 근데, 술 마셨
            니?

여학생   네, 들어오면서 편의점에서 소주 한 병 깠어요. 왜
            요?

집주인	아주 발라당 까진 애구나.
여학생	우리 엄마도 맨날 마시는데요, 왜요?
집주인	엄마야 합법적으로 마실 수 있잖아.
여학생	그러고 저를 때리는 것도 합법적인 건가요? (집주인 얼굴을 뚫어져라 바라보곤) 가만! 가만 보니….
남학생	왜 그래?
여학생	(집주인을 가리키며 남학생에게 가녀린 목소리로) 우리 엄마년을 닮았어.
집주인	어머. 엄마한테 년이 뭐니. 세상에.
여학생	(순수한 눈빛으로) 죽기 전에 해보고 싶은 거 있는데, 해봐도 돼요?
집주인	뭔데?
여학생	(애원하듯) 아줌마를 두들겨 패도 될까요?
집주인	어머! 무슨 소리야, 그게. (경찰1 뒤로 숨는다.)
경찰1	(당황하며 피한다.) 왜, 왜 이러세요.
여학생	(숨은 집주인에게 다가가며 간절하게) 한 번만요. 딱 한 번만. 아가리 한 번만 대주세요. (남학생을 보며) 각목 같은 건 안 가져왔지?
남학생	(가방에서 장도리를 꺼내주며) 이거라도 쓸래?
배관공	아니, 웬 장도리를 가방에 넣고 다녀?
남학생	뭐, 손톱깎이나 반짇고리 가지고 다니는 거랑 같

은 맥락이죠.

여학생   (장도리를 쥐고) 그럼 아줌마, 강냉이 한 번만 털게
              요. 부탁드려요. 네? (집주인의 팔을 잡아끈다.) 우리
              엄마랑 너무 닮아서 그래요.

집주인, 경찰1의 허리춤을 꽉 잡고 있다.

경찰1   (무서운지 집주인의 손을 떼어내며) 나와요, 나와. 왜
              이래요!

구석에 몰린 집주인.
서늘한 음악 소리.
여학생, 집주인에게 서서히 다가간다. 그때 울리는 카톡. 여학생, 휴
대폰을 열어 확인한다.

여학생   나 엄마한테 답장 왔어.
남학생   뭐라서?
여학생   (사이) 날씨도 좋으니까, 이런 날….
남학생   이런 날?
여학생   나가서….
남학생   나가서?

여학생　　　(메시지를 또박또박 읽는다.) 콱 죽어버려. 니 생각만
　　　　　　　　하면 햇살이고 뭐고 먹구름 낀 것처럼 우울하기만
　　　　　　　　하니까.

여학생, 남학생 손에 들린 총을 확 뺏는다.

여학생의 갑작스러운 행동에 쉽게 총을 빼앗긴 남학생.

경찰1이 여학생에게 달려든다.

경찰1　　　안 돼요! 안 돼!

경찰1, 여학생의 팔을 잡고 실랑이를 벌인다.

격정적인 음악 소리.

여학생과 경찰1이 몸싸움을 하다가 방아쇠가 당겨진다.

빵! 소리가 들리고 여학생과 경찰1, 잠시 멈춰 있다.

경찰1, 서서히 몸을 떼자 바닥에 툭 쓰러지는 여학생. 배 위로 피가
홍건하다.

경찰1, 손에 묻은 피를 보고 정신 나간 사람처럼 몸을 덜덜 떤다.

경찰1　　　(넋이 나가서) 내, 내가 사람을 죽인 건가요, 지금?
집주인　　　죽, 죽었어.

경찰1, 뒷걸음질 치다 뭐에 홀린 듯 밖으로 도망간다.

집주인   (넋이 나간 채 주저앉아 있다가) 난 뭘, 뭘 해야 하
            지? 어떻게 해야 하지? (문 쪽으로 기어 나간다.) 다
            틀렸어, 이제.

빠르고 기괴한 음악이 흐른다.

불빛이 깜박깜박한다.

암전.

다시 조명이 켜지면 여학생이 사라지고 없다.

배관공과 남학생, 둘만 방에 남아 있다.

남학생, 서 있다가 쭈그려 앉아 어깨를 들썩이며 흐느낀다.

배관공   (목이 잠겨) 그렇게 우니 이제 좀, 사람 같다.

남학생   스텔라….

배관공   뭐라고?

남학생   스텔라가….

배관공   그 여학생 이름이 스텔라냐?

남학생   (고개를 저으며) 아니요. (우리를 부여잡고) 바닐라
            셋째 동생이요. 스텔라가 배고파서 쓰러졌어요.

(오열한다.)

배관공　　너 정말 너무한다. 너무해.

남학생　　그렇게 말하지 마요. 누가 할 소리를.

남학생, 벽에 기대앉아 머리에 총구를 겨눈다.

배관공　　너도 가려고?

남학생　　그러려고 왔으니까요. 더 이상 견딜 수가 없어요.

배관공　　죽으면 다 해결될 것 같으냐?

남학생　　살면 다 해결돼요?

배관공　　이 햄스터들은? 너 죽으면 누가 돌봐.

남학생　　아저씨가 봐주세요.

배관공　　(고개를 저으며) 난 못 해. 니가 주인이잖아.

남학생　　(고개를 저으며) 세상에 주인이란 건 없어요. 심지어는 내가 나의 주인이 아닐 수도 있어요. 매일 아침 느껴요. 거울을 볼 때마다 내가 너무 낯설게 느껴져서 참을 수가 없어요.

배관공　　(고개를 저으며) 부모님이 많이 슬퍼하실 거야. 너 불효하는 거야, 인마.

남학생　　(고개를 저으며) 태어나는 건 내 의지일 수 없었으니 죽는 것만큼은 내 의지로 하고 싶어요.

배관공	(말없이 고개를 젓는다.)
남학생	목매달고 성스럽게 죽기로 했는데. 마음대로 안 됐네요.
배관공	우리가 너무 방해했나?
남학생	뭐, 어디 인생이 하고 싶은 대로만 되나요.

암전.

서정적인 음악이 들린다. 그러다 점점 작아지는 음악 소리.

사이, 총소리.

은은한 주황빛 조명이 켜지면 남학생도 사라지고 없다.

배관공 혼자서 영혼 없는 사람처럼 앉아 있다.

경찰2, 방 안으로 들어온다. (경찰1과 같은 배우.)

경찰2	신고 접수 받고 왔습니다만, 어디서 살인사건이 일어났다는 겁니까?
배관공	예. 죽었어요.
경찰2	누가요? 방금도 들어오면서 총소리를 들었습니다. 근데 이 방엔 아무것도 없네요?
배관공	이 방 맞아요. 제가 죽였어요.
경찰2	그럼 시신은 어디 있죠?

배관공   경찰 선생님 발밑에요.

경찰2, 발밑을 보고 화들짝 놀라 피한다.

경찰2   뭐야, 이 쥐새끼! 깜짝이야!

배관공   제가 그 쥐새끼를 죽였어요.

경찰2   예? 아니, 장난합니까? 진짜 사건 현장이 어디에요?

배관공   여기요. 여기. 다들 있었는데 다들 사라졌어요. 햄스터만 두고. 바닐라만 두고.

경찰2   예? 아이스크림이요?

경찰2, 햄스터 우리를 발견한다.

경찰2   아으, 뭐야! (두 손으로 눈을 가리고) 뭐야! 쥐새끼가 쥐새끼를 잡아먹고 있잖아요!

배관공   (한숨 섞인 목소리로) 그놈도 어쩌면 잡아먹힌 것 같기도 하고.

경찰2   (헛구역질을 하며) 누가요?

배관공   아, 죽은 놈이오.

경찰2   죽은 놈이 어디 있냐는 말입니다.

배관공   글쎄, 원래부터 없던 놈이었던 것 같기도 하고. 가
　　　　　만, 그놈이 뭘 해달라고 했더라.

경찰2   뭘 해줘요?

배관공   바닐라를 묻어달라고 했나?

경찰2   예? 아이스크림이오?

배관공   아니요. 아이스크림은 아니었어요.

경찰2   그럼 뭘 묻어요?

배관공   (객석을 오랫동안 바라보다) 저… 햄스터요.

암전.

몽환적인 타악기 소리와 서글픈 현악기 소리가 한데 들린다.

다시 밝아지면 모텔방 안에 아무도 없다.

막.

작 가 노 트

햄스터에 대해 생각한다. 우리 안에 갇힌 햄스터는 주어진 것에만 의존해 살아간다. 사료, 물, 쳇바퀴, 몸통보다 조금 큰 집. 가끔 보상처럼 주어지는 해바라기 씨. 우리 안은 평화롭다. 익숙한 패턴의 연속이기 때문이다. 그러나 이들에게 분별력을 잃을 만한 일이 생긴다면, 참기 힘들 만큼 허기가 진다면, 욕망을 해소할 것들이 사라진다면, 그 안은 순식간에 참혹한 현장으로 돌변한다.

초등학생 때 친구가 해준 이야기가 생각난다. 친구는 방학 중 캠프에 다녀오느라 오랜 시간 햄스터를 돌보지 못했다. 그는 돌아와 이렇게 말했다. "우리 안에 어미밖에 없었어. 그리고 뭔가를 먹고 있었어." 그리고 이 이야기는 단지 '햄스터 살인사건'의 시작에 불과하다.

우리는 적당히 가까워

1판 1쇄	2017년 11월 30일
1판 2쇄	2023년 6월 1일
지은이	김슬기, 이오진, 허선혜
펴낸이	김태형
펴낸곳	제철소
등록	제2014-000058호
전화	070-7717-1924
팩스	0303-3444-3469
전자우편	right_season@naver.com
인스타그램	instagram.com/from.rightseason

ISBN 979-11-88343-04-1 43810

이 도서의 국립중앙도서관 출판예정도서목록(CIP)은 서지정보유통지원시스템 홈페이지(http://seoji.go.kr)와
국가자료공동목록시스템(http://www.nl.go.kr/kolisnet)에서 이용하실 수 있습니다.
(CIP제어번호: CIP2017031204)